ANDREA KÖNIG-EFFENBERGER

Die Schönheit der inneren Welt

EINE REISE

novum ◆ pro

Dieses Buch ist auch als
e-book
erhältlich.

Bibliografische Information
der Deutschen Nationalbibliothek:

Die Deutsche Nationalbibliothek
verzeichnet diese Publikation in
der Deutschen Nationalbibliografie.
Detaillierte bibliografische Daten
sind im Internet über
http://www.d-nb.de abrufbar.

Gedruckt in der Europäischen Union
auf umweltfreundlichem, chlor- und
säurefrei gebleichtem Papier.

© 2024 novum Verlag

ISBN 978-3-7116-0085-1
Lektorat: Ilana Baden
Umschlag- & Innenabbildungen:
Martina Joachim &
Andrea König-Effenberger
Umschlaggestaltung, Layout & Satz:
novum Verlag
Autorenfoto: Christian König-Effenberger

www.novumverlag.com

Druckprodukt mit finanziellem
Klimabeitrag
ClimatePartner.com/16547-2311-1001

»*Das Leben ist wundervoll und voller Wunder.*«

A. König-Effenberger

Inhaltsverzeichnis

Prolog

Als Lisa noch ein kleines Mädchen war, hatte sie noch eine ganz andere Vorstellung davon, wie es wohl war, erwachsen zu sein. Sie dachte, als Erwachsene wäre sie frei und selbstbestimmt. Das Leben wäre aufregend und lebendig. Sie war in ihrer Vorstellung jedoch auch mutiger und selbstbewusster gewesen. Und vielleicht war genau das das Problem!

TEIL 1

TEIL 1

1. Wie sie eben so lebte

 Es war Montagmorgen. Mit dem Kaffee in der Hand war Lisa auf dem Weg zur Arbeit. Es war kalt geworden. Der November hatte einen Temperatursturz mit sich gebracht und München war nass, grau und windig an diesem Morgen. Ihr kam es so vor, als wäre es eben noch Sommer gewesen. Gerade noch hatte sie im See gebadet und ihr Eis im Strandbad gegessen, und nun hatte sie bereits ihren dicken blauen Daunenmantel aus dem Schrank gezogen. Sie hatte den Schal vergessen und die kalte Luft kroch von oben in ihren Mantel. Wie sie das hasste. Sie zog die Schultern nach oben und beschleunigte das Tempo.

Es war nicht weit von ihrer Wohnung bis zum Büro und eigentlich mochte sie den kurzen Spaziergang. Er war genau richtig, um sich mental auf den Arbeitstag vorzubereiten oder nach der Arbeit den Kopf freizubekommen. Der Weg führte sie vorbei an einigen kleinen Läden, wunderschönen Altbauten und ihrem Lieblingskiosk, an dem sie sich ab und an eine Zeitschrift mitnahm. Im Sommer setzte sie sich manchmal auf eine Parkbank neben dem Kiosk und beobachtete die Menschen, die vorbeiliefen. Alle schienen immer so in Eile zu sein. Bei Regen aber verfluchte sie diesen Weg. Sie verstand die Leute nicht, die Dinge sagten wie: »Es gibt kein schlechtes Wetter, nur schlechte Kleidung.« Regen war für sie Regen und sie konnte dem absolut nichts abgewinnen.

Im Büro angekommen, zog Lisa den nassen Mantel aus und hing ihn an einen Kleiderhaken im Eingangsbereich. Sie strich sich ihre langen blonden Haare aus dem Gesicht, zupfte ihre Kleidung zurecht und atmete noch mal tief durch. Eine weitere lange Arbeitswoche lag vor ihr. Lisa öffnete die doppelflügelige Glastür zum Großraumbüro. Die Luft war warm und trocken. Sie spürte, wie sich ihre Schultern in der Wärme langsam wieder entspannten. Es herrschte schon ein wildes Treiben im Büro. Ganz eifrig saßen einige ihrer Kollegen vor ihren Laptops und Lisa wusste, sie waren mindestens bereits bei der zweiten Tasse Kaffee. Lisa erinnerte das immer an ihre Anfangszeit als Junior Consultant, als sie vor vier Jahren frisch von der Uni in dieser Firma eingestellt worden war. Personalvermittlung war ein harter Vertriebsjob und man musste viel Zeit und Energie investieren, um einen stabilen Kundenstamm aufzubauen. Mittlerweile war sie zu einem Senior Consultant aufgestiegen und konnte den Tag ein bisschen ruhiger angehen lassen. Vielleicht hatte sie aber auch einfach nicht mehr den gleichen Drive wie noch zu Beginn, als sie der Welt beweisen wollte, was sie konnte. Sie stellte ihre Tasche kurz an ihrem Schreibtisch ab, startete den Computer und machte sich auf den Weg in die kleine Teeküche am Ende des Raumes. Wie jeden Montag wollte sie zuerst ihre Lieblingskollegin Nancy begrüßen.

Nancy und Lisa hatten damals gemeinsam als Junior Consultant bei Elverest Consulting begonnen. Während des Onboarding-Kurses hielt Lisa Nancy für extrem anstrengend. Sie war laut, stellte Unmengen von Fragen und war in vielen Dingen eher das Gegenteil von Lisa. In den ersten Wochen im Job freundeten sie sich jedoch an. Nancy schätzte, dass Lisa ihr immer gut zuredete, wenn es nicht so lief. Sie hatte das in ihrer vorherigen Firma ganz anders kennengelernt. Sie war sehr temperamentvoll, hatte das Herz jedoch am rechten Fleck. Lisa wusste Nancy zu besänftigen und so profitierte sie von Nancys Erfahrung, während die wiederum Lisa vor unnötigen Eskalationen bewahrte. So lief es sehr gut.

Jeden Montagmorgen wurde dann erst mal der neueste Tratsch vom Wochenende ausgetauscht. Nancy war in einer fortwährenden On-off-Beziehung mit Leo, was immer für ein wenig Drama gut war. Auch dieses Wochenende hatte es wieder gehörig Zoff gegeben und Nancy war zum wiederholten Male bei ihm ausgezogen. Es waren immer nur Kleinigkeiten, aber irgendwie war es meistens trotzdem hochexplosiv.

Lisa kannte dieses Verhalten mittlerweile nur zu gut und beendete das montagmorgendliche Tratsch-Update mit einem kleinen »Ach Nancy-Maus!«. Damit war alles gesagt. Sie hatten in den letzten Jahren viele Stunden damit zugebracht, die Geschehnisse bis ins kleinste Detail zu filetieren und jeden Satz von ihr und Leo zu analysieren. Geändert hatte sich dadurch aber nichts. Immer wieder steckte sie in derselben Situation. Warum gab es hier keinen Ausweg?

Lisa erkannte sich selbst darin wieder. Nicht in den emotionalen Ausbrüchen, aber in den immer wiederkehrenden Situationen, die sie unglücklich machten. Mit ihrem Freund Tom war Lisa nun seit gut drei Jahren zusammen. Anfänglich hatte sie noch im siebten Himmel geschwebt, doch dann hatte es sich irgendwie ins Gegenteil gekehrt. Warum wusste sie nicht. Tom war grob zu ihr und anstatt sich zu wehren und auszubrechen, verfolgte sie die Strategie, ihm einfach keinen Grund für sein Verhalten zu geben. Sie passte sich immer mehr an seine Vorstellungen an. Alles für den Versuch, eine harmonische Beziehung zu führen. Ein hoher Preis und bisher ohne Erfolg!

Eigentlich wollte sie aber mehr als das ...

2. Rückblick

 Als Lisa damals nach dem Studium aus ihrem Elternhaus auszog, hätte sie platzen können vor Freude. Sie zog endlich in ihre erste eigene Wohnung. Vom Land in die Stadt. Wie aufregend! So lange hatte sie sich auf diesen Moment gefreut. Ihr Apartment war klein, nur ein Zimmer und an einer viel befahrenen Straße, aber Lisa richtete es mit sehr viel Liebe und Hingabe ein. Manch einer würde es vielleicht kitschig finden, aber sie liebte diese Mischung aus shabby Chic und Chalet Style. Mit einigen unechten Fellen, Duftkerzen, Girlanden und Regalen zauberte sie aus dem Apartment im Handumdrehen ihr kleines, gemütliches Zuhause.

Über eine Annonce im Internet hatte sie bereits einen Job als Junior Consultant bei der Personalvermittlung Elverest Consulting gefunden. Die Neueinsteiger hatten es zwar nicht leicht, aber das machte ihr nichts aus. Jeden Tag war sie in ihrem frisch gebügelten Hosenanzug eine der Ersten im Büro, machte kaum Pausen und war mit ganzem Eifer bei der Sache. Sie fühlte sich so erwachsen und das war toll!

Eines Abends ging sie nach einem langen Arbeitstag mit ihren Kollegen ins Charlies, eine kleine Bar in der Nähe des Büros. Sie wollten auf die Abschlüsse des Tages anstoßen. Das Team hatte einen harten Monat hinter sich und die Abschlusszahlen im letzten Moment durch einen guten Deal kurz vor Schluss gerettet. Die Bar hatte eine kleine Terrasse mit runden, wackeligen, bemalten Tischen, um die sich in relativ ungeordneter Weise kleine Hocker scharten. Solche Lokale kannte sie eher aus ihrer Studentenzeit, aber aufgrund der Nähe zum Büro bot es sich an.

Untertags war es sehr heiß gewesen. Sie hatten alle ganz schön gestöhnt und geschwitzt ohne Klimaanlage im Büro, aber jetzt war der Tag zu einem lauen Sommerabend abgekühlt und einfach wunderschön.

Lisa nippte an ihrem Aperol Spritz und wackelte auf ihrem Hocker hin und her. Die lauwarme Luft fühlte sich umwerfend an und sie beobachtete die Gäste. Tom, ein Senior Consultant aus ihrem Team, unterhielt die Gruppe, mit der sie gekommen war, mit Geschichten über seine phänomenalen Geschäftsabschlüsse.

Tom war 32, circa 1,92 m groß und hatte immer so ein Blitzen in den Augen. Lisa konnte das nicht deuten. Manchmal, wenn er sie ansah, ging ihr der Blick durch Mark und Bein. Irgendwie beängstigend, aber auch wirklich aufregend. Sie konnte verstehen, dass stets so viele junge Frauen um ihn herumtänzelten. Er sah gut aus, war übertrieben selbstbewusst (zumindest erweckte er gerne den Anschein), stand immer im Mittelpunkt und hatte stets einen toll sitzenden Anzug an. Er legte sehr viel Wert auf sein Äußeres. Seine dunklen Haare waren immer perfekt frisiert, und er sah den ganzen Tag wie aus dem Ei gepellt aus, bei Wind und Wetter, selbst wenn alle anderen bei heißen Temperaturen mit hochrotem Kopf im Büro saßen. Tom war dafür bekannt, dass ständig neue Frauen an seiner Seite auftauchten. Er wusste sie scheinbar zu begeistern, verlor aber meist schnell das Interesse. Komischerweise schien das seiner Anziehung keinerlei Abbruch zu tun. Ganz im Gegenteil!

Der Abend nahm seinen Lauf und Lisa war mittlerweile auf Gin Tonic umgestiegen. Ihr war bereits ein wenig schwummrig, aber der Alkohol verlieh ihr auch etwas mehr Selbstbewusstsein. Der steigende Alkoholpegel ließ sie die Schüler vergessen, die sie früher immer gehänselt hatten, wenn sie mal aus sich herausgekommen war, sich bemerkbar gemacht, ihre Meinung gesagt hatte oder einfach nur war, wie sie eben war. Sie flirtete. Er hatte eine unglaubliche Anziehung, der man sich unter Alkoholeinfluss noch schlechter entziehen konnte. Tom spielte mit ihr. Er wusste, wie er sie einwickeln konnte.

Sie wachte am nächsten Morgen bei ihm auf. Bei ihrem Kollegen! Bei dem Frauenhelden unter ihren Kollegen! Oh nein!!! Es war ihr peinlich. Außerdem konnte sie sich nicht mehr an viel erinnern.

Sie schlich sich kurz ins Bad, sammelte ihre Klamotten zusammen und verließ seine Wohnung. Es war Samstag und noch früh am Morgen. Sie traf nicht viele Menschen auf der Straße, was ihr sehr recht war. Ganz abgesehen von dem dröhnenden Kopf, hatte sie ein mulmiges Gefühl. Etwas bedrückte sie, aber sie wusste nicht was. Es fühlte sich schwer an, traurig. Sie ging ein bisschen schneller, versuchte dieses Gefühl zu ignorieren und freute sich auf eine ausgiebige, warme Dusche zu Hause.

Noch bevor sie zu Hause angekommen war, hatte sie eine Nachricht von Tom auf ihrem Handy: »Warum bist Du so schnell weg? Ich hätte Dir noch Frühstück gemacht.« Sie hielt kurz inne und wusste nicht so wirklich, wie sie auf die Nachricht reagieren sollte. Schließlich wusste sie nicht mal, was letzte Nacht passiert war. Man konnte nicht behaupten, dass ihr Herz in die Höhe sprang. Sie war eher verunsichert und entschloss sich, das Handy erst mal nicht zu beachten, bis sie sich eher darüber im Klaren war, wie sie mit der Situation umgehen wollte. Schließlich war Tom ein Arbeitskollege und das konnte ganz schön viel Ärger bedeuten. Als sie endlich in ihrer perfekten, kleinen Wohnung ankam, war sie sichtlich erleichtert. Sie verteilte ihre Klamotten auf dem ganzen Weg in die Dusche, drehte das Wasser auf und genoss die Wärme auf der Haut. Endlich setzte Entspannung ein. Sie fühlte sich sicher, sobald sie diese vier Wände betrat. Ihr ganz besonderer Rückzugsort. Frisch geduscht holte sie ihre Lieblings-Jogginghose aus dem Schrank und schnappte sich ihren kuscheligsten Pullover. Sie machte sich eine Tasse Kaffee und setzte sich auf ihr kleines Sofa. Endlich daheim. Sie ignorierte das Telefon und damit Tom. Eine Eigenschaft, die sich ganz gerne mal zeigte, wenn sie nicht wusste, was sie tun sollte. Einfach weg ignorieren. Ihr war auch klar, dass das nicht besonders zielführend war, aber gerade war ihr das egal. Sie schaltete ihren Fernseher ein und zappte durch Netflix. Eine seichte Liebesschnulze! Genau das Richtige. Sie stellte die Tasse zur Seite und machte es sich gemütlich. Es dauerte nicht lange, bis sie langsam einschlief.

Und dann war da Tom

Das Wochenende war vergangen. Lisa hatte sich in ihrer kleinen Höhle verkrochen und weiter so getan, als wäre nichts passiert. Sie war nun zumindest ausgeschlafen, aber sie wusste auch, dass sie Tom heute wohl nicht mehr aus dem Weg gehen konnte. Ganz im Gegenteil. Sie hatte die Situation vermutlich durch ihr Verhalten verkompliziert. Aber manchmal konnte sie sich einfach nicht überwinden, aus ihrem Schneckenhaus rauszukommen.

Es war nun also Montagmorgen und sie war zurück im Büro, das sie am Freitag noch in Feierlaune verlassen hatte. Sie öffnete die große Glastür am Eingang, huschte mit ihrem Blick durch den Raum und atmete auf, als sie Tom dort nicht erspähen konnte. Sie trat schnell ein und steuerte geradewegs auf ihren Tisch zu. Auf dem Weg kam ihr Alica entgegen und grinste sie über beide Ohren an. War vielleicht noch etwas passiert, an das sie sich nicht mehr erinnern konnte? Oh Gott, hoffentlich nicht! Als der Tisch in Reichweite kam, erkannte sie, dass eine Rose darauf lag. Sie spürte, wie die Wärme in ihrem Gesicht aufstieg. Ihre Knie wurden weich und ihre Handflächen feucht. Damit hatte sie nicht gerechnet. Sie fühlte sich geschmeichelt, aber gleichzeitig wäre sie gerne im Boden versunken. So sehr sie Tom und diese Nacht das ganze Wochenende ignoriert hatte, saß sie nun mittendrin. Völlig überfordert. Sie setzte sich an ihren Tisch und legte die Rose zur Seite. Sie versuchte, sich zu konzentrieren und so zu tun, als wäre nichts Besonderes passiert. Es gelang ihr aber nicht. Sie fühlte sich wie ein kleines, aufgeregtes Teenager-Mädchen. Ständig wanderte ihr Blick zu der Blume auf ihrem Tisch. Was wollte Tom ihr damit sagen?

Wollte er vielleicht mehr von ihr? Aber er war doch nie an einer Beziehung interessiert.

Damit gab er ihr das Gefühl, etwas Besonderes zu sein. Es fühlte sich gut an. Er drückte die richtigen Knöpfe und er war erneut erfolgreich. Es war ein Spiel. Und er war gut darin. Die nächsten Monate vergingen wie im Flug. Sie waren ein verliebtes Paar, es war aufregend und es prickelte. Tom vermochte sie in den siebten Himmel zu befördern. Unentwegt machte er ihr Komplimente und sie fühlte sich schön, begehrenswert und besonders. Vergessen waren alle Situationen und Menschen, die sie das Gegenteil hatten spüren lassen. Es fühlte sich gut an.

Am Anfang war doch alles gut

Der Herbst hatte Einzug gehalten. Es war früher Nachmittag und Lisa und Tom spazierten an der Isar entlang. Es war ein wunderschöner Tag. Die Herbstsonne wärmte angenehm, die Blätter hatten sich bereits verfärbt und die lebendigen Isarauen zeigten eine wahre Farbenpracht. Sie hielt Toms Hand und beobachtete die anderen Fußgänger. Viele hatten ihre Hunde dabei, unterhielten sich mit anderen Hundebesitzern oder saßen auf einer Bank und streckten ihr Gesicht in Richtung Sonne. Lisa ging es gut. Sie hatte einen Mann an ihrer Seite, der stolz und perfekt war. Nie hätte sie sich träumen lassen, irgendwann zu diesen Paaren zu gehören. Sie sahen großartig zusammen aus.

Nach einer Weile wurde Lisa kalt. Sie zupfte ihren Schal nach oben, spannte ihre Schultern an und vergrub die rechte Hand in Toms Jackentasche. Sie bogen rechts ab und nahmen die Treppe, um vom Ufer der Isar wieder zur Straße zu gelangen. Toms Wohnung war nicht weit von hier. Sie liefen an einigen prächtigen Altbauten entlang, machten einen kurzen Stopp bei ihrem Stammcafé und holten sich einen kleinen Kaffee für unterwegs.

Auf diesen Spaziergängen führten sie immer lange Gespräche, die vor allem in der Hektik des Alltags sonst oft untergingen. Auf den letzten Metern zur Wohnung sagte Tom:»Ich habe letzte Woche gehört, dass Nils, mein Chef, in Frührente gehen will. Hoffentlich bekommen wir einen guten Nachfolger.«»Warum bewirbst Du Dich nicht?«, entgegnete Lisa.

Tom ging nicht weiter darauf ein. In ihm arbeitete es jedoch. Auch er hatte bereits mit dem Gedanken gespielt, aber er war verunsichert. Er konnte seine Erfolgschancen nicht abschätzen und hatte Angst zu versagen. Sein Vater hatte ihm immer gesagt:»Versager braucht die Welt nicht! Rosstielers sind Gewinner.« Das hatte sich so sehr eingebrannt, dass ein Versagen für Tom Rosstieler nicht infrage kam! Die Schmach wäre nicht auszudenken gewesen.

Tom sperrte die Haustür auf und sie betraten das Treppenhaus. Es war ein schöner Altbau in einer ruhigen Seitenstraße. Die Holztreppen knarzten. Tom wohnte im dritten Stock. Er hatte eine schöne 3-Zimmer-Wohnung mit Blick zum Innenhof. Was auch sonst. Auch das war perfekt. Sie hatten schon öfter darüber nachgedacht zusammenzuziehen. Schließlich waren sie nun schon seit zwei Jahren ein Paar. Irgendwie bevorzugte aber jeder seinen Rückzugsort. Deshalb ging der Gedanke meist genauso schnell, wie er gekommen war. Sie kuschelte sich auf seine Ledercouch und wickelte sich in eine Decke ein. Schon über die Wahl des Sofas würden sie sich nicht einig werden. Ihr war diese Ledercouch einfach immer viel zu kalt. Sie machte den Fernseher an und zappte durch Netflix, allerdings fand sie nicht wirklich etwas, das sie interessierte. Tom war in seinem Büro verschwunden.

Er setzte sich im Arbeitszimmer auf seinen Drehstuhl, schaltete den Laptop an und suchte auf dem firmeninternen Sharepoint nach einer Stellenbeschreibung. Er wollte den Job. Er wollte Head of Sales werden. Wer bitte kam außer ihm infrage? Es fiel ihm niemand ein. Die meisten seiner Kollegen hielt er für unterqualifiziert. Er ging sie einzeln durch, fand pro und kontra, wobei ihm zu kontra deutlich mehr einfiel. Von minderbemittelt bis zu einer Zumutung war alles dabei. Er übte scharfe Kritik, aber nicht weniger, als er das auch an sich selbst tat. Das bekam nur niemand mit.

21

Sein Vater hatte ihn stets zu Höchstleistungen angetrieben. Er hatte ihn fortwährend scharf kritisiert und es galt das Credo:»Nichts gesagt ist gelobt genug«. Das hatte schon wiederum dessen Vater bei ihm gemacht und er war schließlich ein sehr erfolgreicher Anwalt geworden und unterhielt seit Jahrzehnten eine erfolgreiche Kanzlei.

Tom beschloss, sich dennoch für die Nachfolge bei Tilo zu positionieren.

Lisa wusste von all dem nichts. Sie merkte nur, wie Tom in den darauffolgenden Wochen und Monaten immer angespannter wurde. Was war nur mit ihm los? Er sprach auch nicht darüber. Er zog sich immer mehr zurück. Wenn Lisa ihn darauf ansprach, kam er stets mit Ausreden:»Ich bin einfach müde«,»Es war ein langer Tag«,»Im Büro sind einfach nur Versager«. Er äußerte sich immer negativer über seine Kollegen.

Am Abend waren sie in einer Bar in der Altstadt verabredet. Sie wollten sich dort mit Freunden von Tom treffen. Er hatte einen großen Freundeskreis, wobei Lisa viele davon eher als lockere Bekannte bezeichnet hätte. Er ließ nicht besonders viele Menschen wirklich an sich heran. Sie kamen im Tal33 an und schlängelten sich durch die Menge zu einem reservierten Tisch im hinteren Teil der Bar. Einige Freunde warteten dort bereits und begrüßten Tom überschwänglich mit Floskeln, die sie auch in einem Buch für die coolsten Gangster on Planet lesen hätten können.»Oh mein Gott«, dachte Lisa. Sie schnappte sich die Karte und studierte die unzähligen Gins, die dort aufgelistet waren. Als die Kellnerin zum Tisch kam, gab jedoch Tom einfach die Bestellung für beide auf. Er hatte sie gar nicht gefragt, was sie eigentlich wollte. Warum machte er das? Der Abend nahm seinen Lauf und Tom betrank sich. Lisa konnte ihm sichtlich dabei zusehen. Sie wollte gehen, die Stimmung war nicht gut und sie fand keinen guten Gesprächseinstieg.»Tom, können wir bitte gehen, ich bin müde.« Tom schaute sie ganz kalt an:»Du kannst ja gehen, ich bleibe noch bei meinen Freunden.« Er lehnte sich zurück, legte beide Arme um seine Sitznachbarn rechts und links und vertiefte sich gleich wieder in Gespräche. Er beachtete sie nicht weiter. Was war nur los mit ihm? Lisa merkte, wie in ihr Wut aufstieg. Sie hatte Angst, nachts alleine nach Hause zu gehen. Er wusste das, aber dennoch schien es ihm völlig egal zu sein. Sie nahm ihre Jacke und verließ wortlos die Bar. Sie verabscheute Paare, die in der Öffentlichkeit eine Szene machten. Sie beschloss, sich ein Uber zu rufen. Eigentlich wollte sie für ihren nächsten großen Urlaub sparen, aber zu Fuß war keine Option. Er hatte sie vor seinen Freunden stehenlassen. Sie fühlte sich zurückgestoßen. Eigentlich waren sie immer so ein gutes Team. Das Verhalten war neu!

In den nächsten Monaten kamen sie immer wieder in solche Situationen. Es stellte sie bloß, kritisierte sie und es kam ihr fast so vor, als würde er sie provozieren. Aber was wollte er damit? Es tat ihr weh. Die einst so schöne Nähe zwischen ihnen wich einer Schutzhaltung und die Distanz schien riesig. Sie begann, an sich selbst zu zweifeln, denn irgendwas musste ihn so stören, dass er immer wieder auf sie losging. Monatelang in einem Kreislauf von Beleidigungen, Entschuldigungen und Annäherungen. Die Beziehung kostete sehr viel Kraft. Manchmal kam der Gedanke, ihn zu verlassen. Schöne Momente waren kaum noch zu finden und wenn, dann kamen sie immer mit einem Streit danach. Er wurde immer sehr laut. Wo war der Frieden hin? Wie konnte Liebe einfach verschwinden? Manchmal fragte sie sich, ob da überhaupt noch Liebe war, oder das, was sie an diesem Mann eigentlich so fasziniert hatte? Sie hing aber auch an den guten Zeiten, die sie hatten. Sie hoffte, dass dies eine Phase war, die sie überwinden konnten und dass der Tom, in den sie sich damals verliebt hatte, eines Tages zurückkehren würde. Aber das Leben, das sie jetzt führte, war nicht das Leben, das sie wollte.

Es war nun Ende November und sie waren auf Toms Weihnachtsfeier eingeladen. Lisa hatte noch den Gedanken von heute Morgen im Kopf, als sie über Nancy nachdachte und feststellte, dass auch sie sich immer im Kreis drehten. Sie wollte mehr, sie wollte mit ihm ausbrechen und einen neuen Weg finden. Sie drückte den Gedanken jedoch beiseite und konzentrierte sich auf ihre Kleiderauswahl. Sie stand vor ihrem Schrank und begutachtete ein Kleid nach dem anderen. Sie wollte Tom gefallen. Sie wollte, dass sie sich wieder annäherten, und entschloss sich, ein rotes, enges Kleid zu tragen, das kurz über ihren Knien endete. Tom mochte dieses Kleid. Sie hatte es zu einer Hochzeit im vergangenen Jahr getragen und sie hatten einen wunderbaren Tag verbracht. Tom war so stolz, sie an seiner Seite zu haben, dass er sie überall herumgezeigt hatte. Sie schmunzelte bei der Erinnerung, aber irgendwie machte es sie auch traurig. Damals fühlte sie ihn noch. Sie schlüpfte in das Kleid, legte ein wenig Makeup auf und steckte nur ein paar Strähnen nach hinten. Sie wollte ihr blondes Haar offen tragen. Er mochte das.

Die Weihnachtsparty war nett. Es war immer sehr ungezwungen und Lisa kannte bereits einige Kollegen von Tom. Sie spielten Weihnachtsmusik in der großen Empfangshalle und verteilten Plätzchen. Sie sah, dass Laura und ein paar andere Frauen in einer Ecke standen und sich angeregt unterhielten. Sie beschloss, sie zu begrüßen. Tom würde nun sowieso erst mal seine Runde drehen. Laura sah Lisa schon aus der Ferne und winkte ihr wild entgegen. Sie schnappte sich ein Glas Champagner von einem Tablett des Kellners und ging hinüber. Es wurde gerade der neueste Tratsch und Klatsch ausgetauscht. Auch wenn Lisa nicht dazugehörte, kannte sie mittlerweile die meisten, um die es in den Gesprächen ging. »Lisa, wie hat es Tom eigentlich verkraftet?« »Was meinst Du?«, entgegnete Lisa. »Na, dass Natalie die Beförderung bekommen hat und nicht er.« »Sie hatten sich ja ein monatelanges Kopf-an-Kopf-Rennen geliefert.« »Ja, das war wirklich unglaublich.« Lisa hörte gar nicht mehr richtig zu. Sie war wie versteinert. Sie realisierte in diesem Moment, dass so vieles in Toms Leben passiert war, von dem sie gar nichts wusste. Er hatte es nicht mit ihr geteilt. Sie hatten nur einmal kurz darüber gesprochen. Damals bei dem Spaziergang im letzten Herbst. »Ich glaube ganz gut«, stammelte sie und grinste ein wenig. Sie wollte nicht den Anschein machen, als hätte sie von all dem nichts gewusst.

Der Abend klang langsam aus und Lisa machte sich mit Tom auf den Heimweg. »Warum hast du mir nicht gesagt, dass du dich beworben hattest?«, platzte es aus Lisa heraus. »Weil es nicht immer nur um Dich geht«, entgegnete er harsch und völlig kalt. So kannte sie ihn bereits. Das war das Gesicht, das sie in den letzten Monaten unentwegt gesehen hatte. Sie wusste, was nun kam. Er würde sie beleidigen, würde ihr die Schuld geben. Eine endlose, nutzlose Diskussion. Sie würde sich schlecht fühlen und irgendwann aufgeben. Diesmal war es ihr aber wichtig. Sie wollte verstehen, warum er nicht mit ihr sprach. Sie waren bereits die Treppen zu seiner Wohnung hinaufgestiegen, er hatte die Wohnungstür aufgesperrt und war direkt in die Küche gelaufen, um sich einen weiteren Drink einzuschenken. Sie schloss die Tür und ging ihm hinterher. Normalerweise machte sie das nicht. Sie ging ihm eher aus dem Weg. Aber sie wollte nicht akzeptieren, nur ein Beiwerk in seinem Leben zu sein. Sie wollte nicht die Frau sein, die ahnungslos den Kollegen gegenübersteht, weil sie keine Ahnung hat, was in dem Leben ihres Freundes passiert. Es war peinlich! Es hatte sich vieles aufgestaut und das heute hatte allem noch die Krone aufgesetzt. Sie ging in die Küche und stellte sich neben ihn. Dann fragte sie ihn erneut: »Warum hast Du mir nicht gesagt, dass Du den Job nicht bekommen hast?« Sein Kopf wurde rot und sie konnte richtig dabei zusehen, wie die Rage in ihm aufstieg. Er ballte seine Faust und schlug auf die Arbeitsplatte. Sein Glas fiel um und der Whiskey lief über die Platte und tropfte auf den Boden. Er donnerte los: »So ein Versager wie Du würde das sowieso nicht verstehen!« Er schlug das Regal zu, aus dem er den Whisky genommen hatte, und lief an ihr vorbei. Das wollte sie sich nicht sagen lassen. Sie lief ihm hinterher: »Warum bin ich ein Versager, wenn Du deinen Job nicht bekommst? Ich bin es leid, mich immer von Dir beleidigen zu lassen!« Er drehte sich schwungvoll zu ihr um und kam ihr entgegen. Er hatte sich aufgebäumt. Es war furchteinflößend: »Du bist doch an allem schuld, ich hätte Dich schon lange verlassen sollen. Mit so einer Versagerin an meiner Seite konnte ich den Job nicht bekommen.« Es tat so weh, was er sagte, aber auch der Hass, den sie in seinen Augen sehen konnte. Das war nicht mehr er selbst. Sie konnte ihn gar nicht mehr erkennen. »Du bist doch völlig verrückt!«, schrie sie zurück. Das hätte sie lassen sollen. Tom verlor seinen letzten Funken Fassung. Er überschritt die letzte Grenze, die sie in den Kämpfen der letzten Wochen noch respektiert hatten. Er schlug ihr mit voller Wucht ins Gesicht. Sie knallte gegen den Schrank hinter sich und fiel zu Boden. Instinktiv rollte sie sich zusammen, legte ihre Arme über ihren Kopf, um sich vor weiteren Angriffen zu schützen. Er trat nach. Sie weinte, bewegte sich aber nicht, erstarrte und wartete, bis es vorüber war.

TEIL 2

3. Endlich weg

In diesem Streit hatte Tom eine rote Linie überschritten. Lisa hatte nun seine Demütigungen und Beleidigungen schon sehr lange ertragen. Anfänglich hatte sie stets an sich gezweifelt und die Schuld bei sich gesucht. Dies musste ja so sein, denn Tom war derjenige, der ihr ihr Selbstvertrauen aufgebaut hatte. Er hatte sie in den Himmel gehoben und bestärkt. Sie hatte sich so geliebt und besonders gefühlt. Nach und nach hatte sich sein Verhalten jedoch verändert. Erst waren es Kleinigkeiten, aber dann nahmen Häufigkeit und Intensität zu. Er riss ihr Selbstvertrauen wieder komplett ein. Er war es, dem sie vertraute, der ihr so viele schöne Momente geschenkt hatte. Nun aber demontierte er sie. Mittlerweile war sie sehr verunsichert. Sie traf keine Entscheidung, ohne sich bei ihm zu versichern, dass es die Richtige war. Sie zweifelte an sich und zögerte bei allem, was zu tun war. Sie wollte ihm und seinen Beleidigungen nicht wieder ausgesetzt sein. Er schrie sie regelmäßig an und ließ seinen Frust an ihr aus. Diesmal war er aber zu weit gegangen!

Tom hatte recht bald, nachdem sie zusammengekommen waren, die Firma gewechselt. Damals war ihr das sehr recht. Sie war nicht der Typ Mensch, der gerne alles mit dem Partner teilte. Sie wollte auch ein Stück weit ein eigenes Leben haben, und wenn es nur der kurze Spaziergang am Morgen vorbei an den wunderschönen Altbauten und dem alten Kiosk war. Ein paar eigene Momente. Er hatte in einem anderen Unternehmen eine Position als Sales Manager und Abteilungsleiter angeboten bekommen. Seine Chance! Er hatte sich genau nach so etwas gesehnt und somit war es keine große Überlegung. Die ersten Monate verliefen gut. Tom konnte mit seinem Wissen und seiner

Hartnäckigkeit punkten und die gesetzten Ziele oft noch übertreffen. Bald schon weckte jedoch eine neue Möglichkeit seine Aufmerksamkeit. Sein Chef wollte im nächsten Jahr in Frührente gehen und für die Nachbesetzung wurde eine erfahrene Führungskraft gesucht. Natürlich wäre das genau sein Ding gewesen. Lisa hätte es ihm auch gegönnt, aber eine Kollegin, die auch noch jünger war als er, machte das Rennen. Sein Ego konnte das beim besten Willen nicht verkraften. Dieser Frust saß so tief, dass er bei der kleinsten Kleinigkeit ausrastete.

Da war sie also nun, die ganz andere Seite an ihm, die das Blitzen in seinen Augen damals schon vorhergesagt hatte. Sie erinnerte sich jetzt an das Gefühl, das sie damals an diesem lauen Sommerabend im Charlies hatte, an dem Abend, als alles anfing. Heute wusste sie, dass dieser Reiz von damals das Spiel mit dem Feuer war. Es war aufregend, prickelnd. Er vermochte sie auf Händen zu tragen, aber gerade sah sie ihn in einem ganz anderen Licht. Unvorhersehbar und unkontrolliert. Ein verletztes kleines Kind mit der Kraft eines Mannes.

Sie hatte die Reißleine gezogen und war Hals über Kopf abgehauen. Sie hatte die Tür zu seiner Wohnung zugeknallt und war in absoluter Rage davongelaufen. Die Tränen liefen ihr über die Wangen. Ihre Seele schmerzte. Sie konnte nicht richtig atmen. Es fühlte sich an, als hätte sie einen Knoten im Hals. Sie lief weiter und weiter. Sie wollte einfach nur weg. Normalerweise fühlte sie sich nach einem Streit zerstreut, hilflos und klein. In diesem Fall aber lief es anders. Es war, als hätte ein Überlebensmodus eingesetzt, der ihr ganz klare Anweisungen gab. Sie fühlte sich nicht schwach und hilflos, sondern entschlossen. Sie rannte die Treppen zu ihrer Wohnung hoch, weil sie es nicht aushalten konnte, den Moment stillzustehen, den der Aufzug gebraucht hätte. Sie schloss die Tür zu ihrer Wohnung auf, riss ihren Kleiderschrank auf und begann zu packen. Sie wusste nicht, wofür oder wo sie hinwollte. Nur weg! Sie stopfte alles, was ihre Hände greifen konnten, in ihre braune Lederreisetasche, die sie letztes Jahr von ihrer Mutter zu Weihnachten bekommen hatte. Sie dachte kurz an ihre Mutter, merkte dann aber, wie sie weich wurde und wieder anfing zu weinen. Einerseits sehnte sie sich danach, von ihrer Mutter in den Arm genommen zu werden, aber auf der anderen Seite wollte sie gerade nicht schwach werden. Sie wollte weg. Sie wollte sich auch nicht die Blöße geben. Sie wollte es selbst nicht spüren und schon gar nicht die Blicke von jemand anderem sehen. Sie strich sich ihr rotes Kleid vom Körper und schmiss es mit Wut in die Ecke. Jetzt kam ihr der Gedanke, ihm gefallen zu wollen, so unglaublich dämlich vor. Lisa schlüpfte schnell in ihre Jeans, ein weißes T-Shirt und ihre Baseballjacke. Anschließend griff sie sich ihren Reisepass aus ihrem Nachtkästchen, warf sich ihre Reisetasche über die Schulter und verließ die Wohnung. Sie hatte sich noch nicht mal mehr die Mühe gemacht, den Schrank zu schließen. Es war ihr alles egal.

Sie stieg in die S-Bahn zum Flughafen. Was wollte sie dort? Hatte sie wirklich den Mut, einfach wegzufliegen? Alleine? Aber was war die Alternative? Sie konnte ihn nicht wiedersehen. Noch nicht. Sie hatte Angst. Angst vor ihm. Alleine in ein Flugzeug zu steigen, schien hingegen die willkommene Möglichkeit, in ihrem Leben kurz auf Pause zu drücken, bis sie wieder bereit war. Somit war es beschlossen. Langsam beruhigte sie sich ein bisschen. Die Fahrt zum Flughafen dauerte über eine halbe Stunde. Sie blendete Tom aus und konzentrierte sich auf ihr Vorhaben. Wo wollte sie hin?

Es war mittlerweile fast 6.00 Uhr morgens, als Lisa am Flughafen ankam. Sie stand unten auf dem Bahnsteig und realisierte, dass es nun konkret wurde. Noch nie war sie so spontan aufgebrochen, es beängstigte sie ein bisschen, aber sie wusste, sie musste jetzt Entscheidungen treffen. Sie begann mit kleinen Entscheidungen. In welches Terminal sollte sie gehen? Sie wählte die Rolltreppe ins Terminal 2. Sie hatte es in letzter Zeit häufiger auch beruflich genutzt. Hier fühlte sie sich sicher. Oben angekommen, beobachtete sie die anderen Flughafengäste und fragte sich, wohin ihre Reise wohl ging. Sie stand vor der großen Anzeigetafel und las ein Reiseziel nach dem anderen. Bei einem blieb sie hängen. Hier schlug ihr Herz höher. Das musste es dann wohl sein! Phuket. Sie hatte richtig Lust auf Phuket. Auf einmal kam Leben in ihr auf. Schon lange wollte sie nach Thailand reisen. Tom wollte aber nicht nach Asien. Für ihn war es zu weit weg und er mochte kein scharfes Essen. »Alles Ausreden«, vermutete sie. Viel wahrscheinlicher hatte er einfach Angst, sich nicht zurechtzufinden und jemanden um Hilfe bitten zu müssen. Lisa verdrängte diesen Gedanken. Sie wollte nicht an Tom denken. Sie wollte ihn aussperren und so tun, als gäbe es ihn nicht. Sie ging zum Schalter von Thai Air und buchte sich ein Ticket. Sie hatte Glück, dass es noch einen Platz gab. Das war bisher alles gar nicht so schwer gewesen. Sie war sich nicht sicher, ob sie alles dabei hatte, was sie für so eine Reise brauchte, aber egal. Es gab jetzt kein Zurück. Sie gab ihr kleines Gepäck auf und machte sich auf den Weg zum Security Check. Die Schlange war nicht lang und sie brauchte nicht viel Zeit, um am Gate anzukommen. Nun saß sie dort. Geschützt. Hier hinter der Security, im abgeriegelten Flughafen, konnte sie niemand erreichen. Sie schaltete ihr Handy aus und atmete das erste Mal wirklich tief durch, seit sie bei Tom die Tür zugeknallt hatte. Sie ließ sich tief in den Sitz sinken und da stiegen ihr noch mal Tränen in die Augen. Er hatte sie so verletzt. Mit Worten, aber auch das erste Mal körperlich. Sie hielt das Gefühl nicht aus, drückte es weg und beschloss, noch ein wenig durch die Geschäfte zu schlendern. Sie kaufte ein paar Dinge, die sie in der Eile vergessen hatte. Kopfhörer, ihr Nasenspray, eine Modezeitschrift und ein paar Snacks. Es tat ihr gut. Es gab ihr zumindest ein Stück weit die Kontrolle zurück.

Der Flug nach Bangkok dauerte fast elf Stunden. Sie saß in der letzten Reihe, direkt neben der Toilette. Ständig warteten andere Passagiere neben ihr, bis sie an der Reihe waren, rempelten sie an oder unterhielten sich lautstark neben ihr. Sie hätte sich so sehr ein bisschen Ruhe gewünscht. Ein Steward hatte wohl bemerkt, wie sehr sie am Ende war mit ihren Nerven. Er fragte sie, ob er ihr etwas Gutes tun könne. Sie wünschte sich eine Tasse Kaffee. Diese kleine Geste gab ihr wieder etwas Energie und sie war dankbar.

In Bangkok angekommen, hatte sie mehrere Stunden Aufenthalt. Sie musste nun ein paar Dinge erledigen, schließlich hatte sie, ohne jemandem davon zu erzählen, und ohne Vorwarnung das Land verlassen. Das hätte ihr vermutlich niemand zugetraut. Da musste Lisa kurz ein bisschen schmunzeln. Sie fühlte sich siegreich, obwohl es gar nichts zu siegen gab. Die ganze Situation war einfach nur traurig. Aber es gab ihr einen Funken Macht zurück und das machte sie glücklich. Sie schaltete das Handy ein. Sie wartete. Es kam nichts. Auf der einen Seite war sie froh, auf der anderen aber auch enttäuscht. Er war ihr nicht nachgelaufen, hatte sie nicht aufgehalten und hatte sich nun über 16 Stunden nicht bei ihr gemeldet. Von einer Entschuldigung oder Reue keine Spur. Auch das war noch mal ein Schlag in die Magengrube. Sie versank kurz in diesem Gefühl. Aber es half nichts. Sie biss die Zähne zusammen, öffnete ihre E-Mails und schrieb ihrem Chef, dass sie aufgrund eines familiären Notfalls leider spontan zwei Wochen Urlaub nehmen müsse. Auch Nancy schrieb sie eine kurze Nachricht. Sie würde mit Sicherheit Fragen stellen. Danach öffnete sie ihren Browser und suchte nach Hotels in Phuket. Das lenkte sie ab. Sie freute sich auf den Strand, das Meer und Ruhe. Sie scrollte durch die Angebote und fand ein kleines, nettes Hotel namens »Dragon Boat«. Es war circa zwei Stunden südlich des Flughafens. Das sollte gehen. Sie buchte es und freute sich darüber, nun ein Ziel zu haben. Sie schaltete das Handy wieder aus und beobachtete die anderen Menschen, die auf ihren Flug warteten. Sie fragte sich, was wohl ihre Beweggründe für diese Reise waren. Nie wäre sie auf die Idee gekommen, dass vielleicht bei ihren vielen Reisen zuvor jemals jemand mit ihrem heutigen Beweggrund neben ihr gesessen haben könnte.

Der Flug nach Phuket ging pünktlich und nach eineinhalb Stunden landete sie auch schon wieder. Diese zweite Etappe war wie im Flug vergangen. Lisa war ein paar Mal kurz eingedöst und war ganz überrascht, als der Flieger schon wieder zur Landung ansetzte. Nun war sie endlich da! Sie stieg aus dem Flieger aus, arbeitete sich durch die ganzen Kontrollen und gewöhnte sich langsam an das Gefühl, alleinreisend zu sein. Sie erreichte die Ankunftshalle und hielt nach einem Stand Aussicht, an dem sie noch für den gleichen Abend einen Fahrer buchen konnte.

Sie hatte erfolgreich mit einem Taxiunternehmen verhandelt und machte sich nun auf den Weg nach draußen. Jetzt spürte sie die warme Luft. Es war traumhaft. Sie war nun wirklich weit weg von zu Hause. Das realisierte sie nun immer mehr. Alles, was ihr diese Entfernung, diese Andersartigkeit zeigte, die Sprache, die warme Luft, das Durcheinander, sog sie auf wie ein Schwamm. Sie wurde ruhiger. Sie schlief im Taxi ein und wurde erst wach, als er vor dem kleinen Hotel anhielt. Es hatte eine blaue Leuchtschrift auf dem »Dragon Boat« stand. Das war es. Kurz dachte sie darüber nach, dass sie alleine in einem Taxi eines Fremden in einem fernen Land eingeschlafen war. Es hätte alles Mögliche passieren können. War es aber nicht. Sie war da und das war alles, was im Moment zählte. Die Reise war lang und es war inzwischen nach 21 Uhr. Sie holte sich an der Rezeption den Schlüssel und eine sehr freundliche Angestellte begleitete sie zu ihrem Zimmer. Sie trat ein, ließ ihre Sachen auf den Boden fallen, kroch in das wunderschöne Bett, rollte sich zusammen und schlief wieder ein!

4. Dieser Tag sollte vieles verändern

 Die Sonnenstrahlen fielen ihr ins Gesicht und sie wachte langsam auf. Lisa hatte ganz vergessen, wo sie war. Es dauerte eine Weile, bis sich alles, was passiert war, wieder in ihr Bewusstsein drängte. Sie drehte sich noch mal um und zog die Decke über den Kopf. Sie wollte noch nicht rauskommen, gesehen werden oder sich gar selbst im Spiegel sehen. Ihr Magen jedoch protestierte. Sie konnte sich gar nicht erinnern, wann sie das letzte Mal etwas gegessen hatte. Sie seufzte und ihr innerer Widerstand kapitulierte vor ihrem Hunger. Sie kroch aus dem Bett und ging in das kleine Bad. Lisa sah in den Spiegel. Sie sah furchtbar aus. Sie hatte starke dunkle Ränder unter den Augen. Verschmierte Wimperntusche und geschwollene Augen. Ihre Haare waren platt und strähnig und sie hatte rotblaue Flecken auf der Wange. So konnte sie nicht vor die Tür, sie brauchte dringend eine Dusche.

Das warme Wasser tat ihr gut. Langsam spürte sie, wie etwas Leben zurückkam. Sie wollte alles abwaschen: den Abend mit Tom, den Flug und die vielen Tränen, die auf ihrem Gesicht getrocknet waren. Als sie fertig war, nahm sie sich das frische Handtuch vom Ständer und trocknete sich ab. Sie wickelte sich in das Handtuch und machte sich auf die Suche nach einem Bikini. Sie war sich nicht sicher, was sie in der Eile eingepackt hatte. Aber ja, da war einer! Nicht ihr Lieblingsbikini, aber er würde seinen Dienst erfüllen. Sie schlüpfte behäbig hinein und streifte sich ein Kleid über. Sie musste dringend was essen.

Kurze Zeit später schloss sie die Zimmertür hinter sich und nahm den kleinen gepflasterten Weg, der sich durch den Garten zum Haupthaus schlängelte. Sie hatte den Weg gestern Nacht gar nicht mehr wahrgenommen. Rechts und links waren üppige

Gärten angelegt. Überall waren wunderschöne Blumen. So viele Farben! Es war bunt, es lebte. Sie hörte das Meer im Hintergrund rauschen und ging etwas schneller. Sie wollte es sehen! Sie liebte das Meer, schon als Kind hatten ihre Eltern Mühe, sie aus dem Wasser zu bekommen. Als sie um die nächste Kurve bog, konnte sie es endlich sehen. Sie sah die Weite des Meeres, die ruhigen, gleichmäßigen Wellen. Sie blieb kurz stehen und sog diesen Anblick in sich auf. Es war wunderschön. Ihr Magen knurrte und sie setzte sich wieder in Bewegung.

Sie ging an der Rezeption vorbei auf die Terrasse, auf der das Frühstück serviert wurde. Es gab einen Tisch ganz vorne. Sie drehte den Stuhl so, dass sie freie Sicht aufs Meer hatte. Das war ganz nach ihrem Geschmack. Sie trank einen Kaffee und holte sich dann etwas Obst und Joghurt. Trotz ihres großen Hungers konnte sie noch nicht viel essen. Bereits nach ein paar Bissen machte es wieder zu. Aber das war in Ordnung für sie. Sie saß einfach nur da und beobachtete die Wellen. Sie war leer. Sie spürte das, aber dieses Gefühl war ihr tausendmal lieber als die Flucht und der Schmerz am Vorabend. Oder war es bereits zwei Tage her? Sie hatte das Zeitgefühl verloren.

Als die Kellner langsam das Frühstück abbauten, wusste sie, dass sie hier nicht sitzen bleiben konnte. Sie ging runter zum Strand, zog ihre Schuhe aus und schlenderte am Wasser entlang. Sie hatte kein Ziel, sie lief einfach vor sich hin. Der Strand war wunderschön. Der Sand war weiß und das Wasser spülte ihr bei jeder Welle um die Zehen. Es tat so gut und sie verlor sich in ihren Gedanken. Sie war bereits eine Weile gelaufen und fühlte sich erschöpft. Als sie Ausschau nach einem schattigen Platz hielt, entdeckte sie Abdrücke im Sand, die darauf schließen ließen, dass diesen Platz gerade jemand vor ihr genutzt hatte. Hier hatte man seine Ruhe. Man war alleine mit sich, dem Strand und den Weiten des Meeres. Genau das, was sie wollte. Neben den Spuren im Sand sah sie einen zerknitterten Zettel auf dem Boden. Bei genauerem Hinsehen erkannte sie, dass jemand etwas darauf geschrieben hatte. Sie hob ihn auf und strich ihn auf ihrem Oberschenkel glatt. Es war ein Gedicht, jedoch scheinbar nicht vollendet.

»Die Welt, voll der Schönheit und des Schmerzes.
Kaum jemand vermag zu sehen, wie wundervoll sie ist.
Immer in Klage und vom Nebel der Gesellschaft verhüllt.
Welch Jammer, denn sie ist so schön!
Sie geht tief …«

Sie hielt den Zettel in der Hand, wandte ihren Blick aufs Meer und hielt inne. Sie konnte diese unfassbare Dankbarkeit und Demut, aber auch den Schmerz in diesen Zeilen sprichwörtlich fühlen. Plötzlich schossen ihr Tränen in die Augen. Sie weinte und weinte. Sie ließ alles raus und es tat gut. Hier an diesem abgeschiedenen Ort am Strand genoss sie es, ihren aufgestauten Gefühlen Luft zu machen. Nach den Geschehnissen der letzten Tage, dem Schmerz und der Enttäuschung vermochten diese kleinen Zeilen auf dem zerknitterten Zettel durch den Dschungel der Taubheit hindurchzudringen und sie ein Stück weit zu erlösen.

Sie saß da noch eine ganze Weile und beobachtete die Wellen. Die Zeit verging und sie merkte gar nicht, wie lange sie dort gesessen hatte. Erst als sich die Sonne dem Meer näherte, wurde ihr bewusst, dass es schon ganz schön spät geworden sein musste. Sie war dennoch ganz ruhig und hatte keine Eile. Sie stand langsam auf, strich den Sand von ihrer Kleidung, schnappte sich ihre Schuhe und machte sich langsam auf den Weg zurück. Erst jetzt merkte sie, wie hungrig sie war. Wie lange hatte sie wohl dort gesessen?

Der Weg zurück war weit. Es überraschte sie, dass sie wohl einige Kilometer zurückgelegt hatte, bevor sie sich ihren Platz im Schatten gesucht hatte. Nun konnte sie aber die blaue Leuchtschrift des Hotels »Dragon Boat« erkennen und freute sich darauf, etwas Leckeres von der Karte zu bestellen. Ihr Hunger war zu einem ausgewachsenen Monster herangewachsen und sie hatte das Gefühl, innerlich zu vertrocknen. Sie hätte zumindest eine Flasche Wasser mitnehmen sollen. Die letzten Meter im Sand schmerzten ihre Beine und sie war komplett dehydriert. Trotzdem hatte es ihr unendlich gutgetan.

Als sie vom Strand in die Beach Bar des Hotels bog, waren bereits einige Tische belegt. Sie erspähte ein paar angetrunkene Briten und fragte, ob sie sich dazu setzen könne. Sie dachte, vielleicht tue ihr etwas Anschluss ganz gut, um nicht völlig in ihrer eigenen Welt abzudriften. Sie scherzten und tranken ein Chang-Bier nach dem anderen. Lisa hatte mittlerweile ihre große Portion Curry bekommen, die sie bestellt hatte, und stürzte sich auf ihr Essen. Sie nutzte die Gelegenheit, dem Gespräch an ihrem Tisch zu entrinnen, und beobachtete die jungen Männer mit etwas Distanz. Sie hatten Spaß, waren laut und ausgelassen. Sie schienen auch sehr vertraut. Eigentlich eine sehr erheiternde Runde, so hätte sie es noch vor ein paar Tagen empfunden. Heute empfand sie es als geradezu schwachsinnig. Irgendwie hatte sich ihre Perspektive verändert.

Sie schaufelte die letzten Bissen in sich hinein, nahm einen großen Schluck ihrer Limo und ließ sich dann mit einem Seufzer zurück in ihren Stuhl sinken. »Puhhh, das war dringend nötig!«, sagte sie. Ihr Gegenüber schmunzelte. Ihm gefiel dieses Ehrliche, Unverblümte. Ohne jegliche Bemühung, jemanden zu gefallen. Luca war den Tag über nicht mit der Gruppe unterwegs gewesen. Er hatte sich zurückgezogen, um zu schreiben. Inspiriert von der Schönheit des Landes wollte er sich seinem Hobby der Poesie hingeben. Er hatte einige Zeilen skizziert, jedoch kam er noch nicht an die Wurzel seines Gefühls. Es wurmte ihn. Er liebte es, die Dinge bis auf den Grund zu erforschen.

Lisa fiel auf, dass ihr Gegenüber sie musterte. Sie wollte keine Spielerei, keinen Flirt. Sie war müde, sowohl körperlich als auch emotional. Sie wollte Sachlichkeit und Distanz. Er hatte ein Schmunzeln auf dem Gesicht, das sie verunsicherte. Es hatte etwas Erhabenes, als wüsste er mehr als sie. Es war komisch. »Hat es Dir geschmeckt? Die Curries sind fantastisch hier!« Er hatte eine ganz ruhige und wohlklingende Stimme. Lisa fiel erst jetzt auf, dass er bisher nicht viel gesagt hatte. Diese Ruhe und Bestimmtheit in der Stimme gingen ihr durch und durch.

Luca war in Florenz aufgewachsen. Seine Mutter war Italienerin und der Vater kam aus England. Nach seinem Studium der Philosophie zog er nach Cambridge, um eine Professur an der Universität anzunehmen. Es war sein Traumberuf. Prof. Dr. Luca Heartfeldt. Er konnte sich hier verwirklichen, den Tiefen seiner Gedanken frönen und sein Wissen weitergeben. Alles, was er immer gewollt hatte. In seiner Freizeit beschäftigte er sich gerne mit Poesie. Er liebte es zu schreiben. Hier konnte er seine Gedanken ohne Regeln tanzen lassen. Worte benutzen, wie es ihm gefiel, um die Tiefe der Sache zu beschreiben. Eigentlich ging es ihm immer um den tiefen Kern eines Sachverhalts. Er wollte nicht nur an der Oberfläche kratzen. Er wollte das Leben in allen Facetten erfahren. Seine italienischen Wurzeln taten das Übrige. Die gewisse Romantik und Verschnörkelung setzten dem Kontrast die Krone auf. Bei Frauen kam er immer gut an. Seinem schönen Gesicht, der geraden Nase, den dunklen, tiefgründigen Augen und seinem vollen, fast schwarzen Haar konnten nur wenige Frauen widerstehen. Er war mittlerweile Anfang vierzig und immer noch alleine. Sehr den Wünschen seiner Mutter zuwider. Der italienischen Mama, die sich eine ganze Schar Kinder gewünscht hatte. Er wollte jedoch das Leben erforschen, wollte frei sein. Er war noch nicht bereit, Verantwortung für andere Menschen zu übernehmen. Etwas in ihm kam noch nicht zur Ruhe. Er musste erst zum absoluten Kern der Dinge kommen, auch wenn es fraglich war, ob es ihn überhaupt gab. Dieser Drang in ihm war so stark, dass keine Frau für längere Zeit Platz in seinem Leben fand. Für ihn war das in Ordnung. Es war mehr sein Umfeld, das es als Verschwendung erachtete. Als wären die Sesshaftigkeit und die Familiengründung das ultimative Ziel. Er war glücklich, mit seinem Beruf und seiner Freiheit zu tun, was er eben gerne tun wollte. Tennis, Poesie oder auch einfach mal das Pub.

Er hatte nach Zerstreuung und neuer Inspiration gesucht, als er den Jungs aus dem Sportclub zusagte, sie auf ihrer Thailand-Reise zu begleiten.

Er sah in Lisas Augen, dass er ihre Aufmerksamkeit geweckt hatte. Er fühlte sich geschmeichelt. Wusste aber auch, dass er die Frauen meistens enttäuschte. Das, was sie sich in der Regel wünschten, konnte er ihnen nicht geben. »Reist Du alleine, Lisa?«, fragte Luca. »Ja, ich habe dringend Abstand von meinem Leben gebraucht. Ich wollte einfach mal auf Pause drücken, wenn das Sinn macht«, antwortete sie. »Ja, ich kann das verstehen. Manchmal braucht man einfach ein bisschen Distanz, um zu wissen, wo man eigentlich steht. Völlig verständlich.« Er hatte sofort verstanden, um was es ihr ging. Nur zu gut wusste er, dass man manchmal Distanz benötigte, um wieder zu sich selbst zu finden. Er fand es schön, dass sie so ehrlich war. Den meisten Menschen, mit denen er sprach, ging es um Schauspielerei und den Schein, etwas zu sein, von dem man denkt, es wäre angesagt. Luca empfand das als Irrsinn. Er war der Überzeugung, dass nur gesunde Kritik am eigenen, echten Leben Fortschritt brachte. Erfrischend also jemanden gegenüber zu haben, der gerade ausbrach. Er liebte die Tiefe der Dinge und Lisa hatte sich auf den Weg gemacht, weil sie erkannt hatte, dass in ihrem Leben etwas nicht stimmte.

Sie sah ihn an und fühlte, dass er sie verstand. Sie musste nicht viel erklären und auch nichts rechtfertigen. Sie fühlte sich einfach mit ihm verbunden. Dieses Gefühl machte sie ganz weich, aber auch emotional. Ihre Mauer, die sie über so viele Jahre kultiviert hatte, die sie geschützt hatte, bröckelte. Wie konnte das sein? So wenige Sätze. So wenig nötig für so eine große Wirkung. Er war präsent, er sah sie, wie sie sonst keiner sah, auch sie selbst nicht. Sie spürte sich in diesem Moment so sehr. Aber auch ihren Schmerz. Er steckte in ihrem Hals wie ein riesiger Knoten. Für einen kurzen Moment wusste sie nicht so recht, was sie nun tun sollte. Am liebsten wäre sie in ihr Zimmer gelaufen, hätte sich versteckt, wie sie es ja so gerne tat, hätte in Ruhe geweint, um danach wieder so zu tun, als wäre alles ok. Bloß nichts verändern. Man weiß ja nie, was passiert. Aber etwas in ihr sagte ihr, da müsse sie jetzt durch. Ihre innere Stimme sagte ihr: »Halte es aus, es ist es wert.« Sie ließ sich also auf ihn ein, auf ein Gespräch. Was sollte schon passieren?

Luca schaute sie intensiv an. Der Blick hörte nicht an ihrem Äußeren auf. Er ging tiefer. Nur zu gerne hätte sie gewusst, was er sah. Er sah mehr als die Menschen, mit denen sie sich sonst so unterhielt. Nur was?

Er beobachtete den Kampf, den sie mit sich selbst führte. Es war ein Kampf zwischen Neugier auf Tiefe, echte Emotionen und Wahrhaftigkeit und auf der anderen Seite der Angst vor Schmerz und dem Festhalten an bekannten Strukturen. Er wusste, dass es viel Mut brauchte, hinter die Fassaden zu schauen. Aber er wusste, dass es sich lohnte. Er beschloss, ihr im übertragenen Sinne die Hand zu reichen. »Wie war dein Tag heute?«

Lisa blickte ihn an, hielt inne. Wie konnte sie erzählen, wie ihr Tag heute war, was sie erlebt hatte? Eigentlich hatte sie nur einen Spaziergang am Strand gemacht, aber für sie war viel mehr passiert. Sie hatte den Zettel mit dem angefangenen Gedicht gefunden, das Schleusen geöffnet hatte. Sie konnte doch nicht einem Wildfremden erzählen, was ein paar Zeilen in ihr ausgelöst hatten. Sie verstand es selbst noch nicht wirklich. Er merkte, dass seine eigentlich so einfache Frage einen Punkt gedrückt haben musste. Was war wohl passiert heute? Ohne groß zu antworten, holte sie den geglätteten Zettel aus ihrer Hosentasche und legte ihn vor ihn auf den Tisch.

Er sah den Zettel. Sein Blick wanderte zu ihr. Er merkte, dass es für sie kein Stück Müll war, das sie aufgehoben hatte. Sie hatte ihn gefunden, gelesen, und diese Zeilen waren ihr wichtig genug, um sie mitzunehmen. Er spürte sein Herz, es freute sich! Er war gerührt. Er hatte voller Frustration am Strand versucht, ein paar Zeilen zu verfassen, welche seine tiefe Emotion auffingen, aber er hatte gezweifelt, dass diese in den Zeilen wiedergefunden werden konnte. Er hatte immer wieder neu angefangen. Ihm war nicht bewusst, dass er einen der Zettel verloren hatte. Lisa hatte ihn gefunden.

»Hat es Dir gefallen?«, frage er sie. Lisa sah ihn an. Mit dieser Reaktion hatte sie nicht gerechnet. Er wusste doch gar nicht, was es war. Oder doch? »Luca, hast du heute etwa schon wieder deinen Block vollgeschmiert? Na na na, und dann auch noch am Strand liegen lassen. Na, Gott sei Dank hat Lisa für dich aufgeräumt«, sagte einer der Jungs sichtlich angetrunken. Lisa hatte die restliche Runde völlig ausgeblendet, wurde nun aber wieder in die Realität zurückgeholt. »Was für ein Idiot!«, dachte sie. Sie schämte sich für ihn. Es tat ihr leid. Sie sah zu Luca. Es schien ihm aber überhaupt nichts auszumachen. Er quittierte den Satz mit einem kleinen Lächeln, ließ sich davon nicht beirren. Er ruhte in sich und war irgendwie im Reinen mit sich. Lisa war beeindruckt. Von seiner Reaktion, von seinen Zeilen, von ihm.

Sie schaute ihm in die Augen und sagte: »Ja, das hat es!« Es war ehrlich und es kam aus ihrem Inneren. Sie wusste nicht, was sie sonst sagen sollte, wie sie beschreiben sollte, was sie gefühlt hatte. Sie wollte es sich von den anderen Kameraden, die ja immer noch am Tisch saßen, auch nicht kaputt machen lassen.

Er fühlte, dass es echt war. Er wusste, er hatte durch seine Zeilen etwas bei ihr bewirkt. Was für ein wunderbares Gefühl. Deshalb schrieb er. Er wollte Menschen seine Sicht der Dinge zeigen, wollte sie Anteil nehmen lassen an der Tiefe, die er empfand und fühlte. Er wollte greifbar machen, was für so viele Menschen nicht sichtbar war. Wie wunderbar. Ein toller Moment. Genau dafür schrieb er.

Die Emotionen, die er in das Gedicht gelegt hatte und die Lisa in der Lage war zu fühlen, verbanden sie in diesem Moment. Ohne weitere Worte.

5. Eine ganz besondere Brieffreundschaft

 Es war nun bereits spät geworden und Lisa war todmüde. Die letzten Tage steckten ihr in den Knochen. Sie war erschöpft. Auch emotional. So sehr sie das Gespräch mit Luca genoss, musste sie dennoch kapitulieren. Sie brauchte Ruhe, einfach Ruhe. Sie war nicht der Typ für große Abschiede. Sie klopfte zweimal auf den Tisch, rief in die Runde: »Good night, Guys!« und verließ den Tisch. Sie ging einfach nur ins Bett. Sie wollte schlafen und an nichts denken.

Die Wärme weckte sie am nächsten Morgen. Sie hatte eine Flasche Wasser neben dem Bett und nahm erst mal einen großen Schluck. Es war immer noch alles da. Der Schmerz, die Trauer, die Einsamkeit, aber auch ein wenig Hilflosigkeit. Wie konnte sie zurückgehen? Aber wollte sie wirklich wieder von vorne beginnen? All diese Gedanken waren noch zu viel. Sie drückte sie wieder beiseite, stand auf und ging ins Bad. Sie spritzte sich etwas Wasser ins Gesicht und betrachtete sich im Spiegel. Die Tränen stiegen ihr erneut in die Augen. Sie sah weg. Die rotblauen Flecken in ihrem Gesicht waren blaulila geworden.

Als sie aus dem Bad kam, bemerkte sie, dass jemand etwas unter ihrer Tür durchgeschoben hatte. Ein kleines Kuvert. Was das wohl war? Sie hob es auf und setzte sich auf ihr Bett. Auf dem Umschlag stand in geschwungener Schrift: »Lisa«. Sie öffnete den Brief und holte einen handschriftlich geschriebenen Brief heraus. Sie erkannte die Schrift.

Liebe Lisa,

Es war eine Freude, gestern deine Bekanntschaft zu machen. Wir haben heute Morgen bereits ganz früh die Heimreise an- getreten. Ich wollte Dir jedoch noch ein paar Zeilen hinter- lassen. Ein paar Gedanken. Sie kommen von Herzen und ich hoffe, dass sie Dich in den nächsten Tagen stützen können.

Alles Liebe, Dein Luca

PS: Wenn du in Kontakt bleiben möchtest, hier ist meine E- Mail-Adresse.

Damit hatte sie nicht gerechnet. Aber sie freute sich. Auch über die Möglichkeit, ihm zu schreiben. Ein kleiner Anker in dieser Zeit. Es kribbelte sogar ein bisschen. Er hatte an sie gedacht. Ihr einen Brief geschrieben. Die letzten Monate war sie mehr ignoriert und abgestraft worden als wertgeschätzt. Diese Auf- merksamkeit war wie Balsam für ihre Seele.

Sie drehte den Brief um und las:

>*»Heilung beginnt, wenn der Weg zur*
>*Erkenntnis geebnet wird.*
>*Wohlwollend sich selbst gegenüber,*
>*offen und dem ganzen Raum gebend.*
>*Alles, was ist annehmen. Ohne zu bewerten.*
>*Eine Bestandsaufnahme.*
>*Von allen Seiten beleuchten und in Liebe ertränken.*
>*Auflösend.*
>*Es verwandelt sich in nichts.*
>*Ein neuer Raum entsteht.*
>*Gefüllt mit Wahrheit und Liebe.*
>*Wohlige Wärme als Normalzustand.*
>*Getragen sein vom eigenen Selbst.*

Die Eigenmacht angenommen, verwandelt sich die
Ohnmacht in Tatkraft und ein neues Leben beginnt.
Sei versichert, ein Leben ohne Schmerz ist ein
Leben ohne Erkenntnis.
Der Schmerz als verkannter Freund! Wechsle die
Perspektive und deine Reise beginnt!«

Was? Lisa verstand nur Bahnhof. Der Schmerz als Freund. Sie
dachte:»Will dieser Typ mich verarschen?« Ihre Seele schmerzte,
ihr Gesicht war demoliert und die Rippen waren blau. Das fühlte
sich so gar nicht freundlich an. Sie legte den Brief zur Seite. Dafür hatte sie keinen Nerv. Sie zog sich ihren Bikini an und wollte
endlich ins Meer. Rasch packte sie noch ein paar Sachen ein, um
direkt im Anschluss zum Frühstück zu gehen. Zumindest der Appetit war wieder da. Sie verließ das Zimmer und ging den netten,
kleinen Weg entlang. Sie sah, wie die Angestellten ihrer Arbeit
nachgingen. Sie schienen sehr glücklich zu sein. Das gab ihr ein gutes Gefühl. Irgendwie friedlich. Immer wieder hatte sie allerdings
Lucas Stimme im Kopf:»Der Schmerz als verkannter Freund!«,
»Ein Leben ohne Schmerz ist ein Leben ohne Erkenntnis.« Wie
konnte man Schmerz gut finden? Sie erreichte den Strand, zog
ihre Schlappen aus und genoss den Sand zwischen ihren Zehen.
Sie war froh, dass noch nicht viele Leute am Strand waren. Sie
fühlte sich nicht wohl mit ihren blauen Flecken. Es sah ziemlich
genau nach dem aus, was es war. Sie war geschlagen worden. Es
war unangenehm, das zuzugeben. Beschämend. Jeder will von
seinem Mann auf Händen getragen werden oder zumindest die
selbstbewusste Frau von heute sein, die absolut unabhängig ist. Ja,
finanziell vielleicht. Aber ihr wurde bewusst, dass sie sich da ganz
schön was vorgemacht hatte. Sie war abhängig. Nicht von seinem
Geld, sie brauchte keinen Versorger. Aber von seinen Komplimenten. Von dem Gefühl, das er ihr anfänglich gegeben hatte. Es gab
ihr Sicherheit. Sie fühlte sich stark. Wenn er das nicht tat, war es,
als würde man einem Ballon die Luft auslassen. Sie war abhängig
von seinen Komplimenten. Von dem, was er sie fühlen ließ. Sie

hatte kein besonders großes Selbstwertgefühl. In der Schule war sie eher gemobbt worden und auch zu Hause war der Ton eher rau. Sie gehörte nicht zu denjenigen, die sich schon ganz früh mit irgendwelchen einzigartigen Fähigkeiten hervorgetan hatten. Sie war eher Durchschnitt. Fiel nicht besonders auf. Sie war nichts Besonderes. Für niemanden. Außer für Tom. Hatte sie gedacht.

Endlich schwamm sie im Meer. Sie schwamm einfach drauflos. Es tat ihr gut. Das Wasser war kühl und die Wasseroberfläche ganz glatt. Jeder einzelne Zug war, als würde sie etwas zurücklassen. Es war ganz ruhig um sie herum und sie hörte nur ihren Atem. Diese Ruhe, der Abriss ihrer Gedanken. Gott, war das heilsam. Und dann verstand sie. Der Schmerz, den sie jetzt spürte. Er war ihr Stoppzeichen. Der seelische Schmerz und auch der physische. Er sagte ihr ganz deutlich: »Bis hier und nicht weiter.« Er kommunizierte mit ihr. Ihr Körper und ihre Seele signalisierten ihr, dass sie aufgrund ihrer Abhängigkeit von Tom zu viel ausgehalten hatte. Ihre Seele und ihr Körper hatten den Preis dafür bezahlt, dass sie nicht selbst in der Lage war, sich zu lieben. Sich selbst das Gefühl zu geben, das sie so sehr von Tom wollte. Ihr Schmerz zeigte ihr ganz klar, dass dieser Weg nicht der richtige war. Ja! So konnte sie ihn annehmen! Sie schämte sich noch immer, eigentlich sogar noch ein bisschen mehr. Genau genommen fühlte sie sich kümmerlich, auch mit dem Bewusstsein, dass ein anderer Mensch so viel Macht über sie hatte, dass sie die Bedürfnisse ihrer Seele und ihres Körpers hinten anstellte. Für ein bisschen Selbstbewusstsein pimpen. Das war furchtbar. Aber wie hatte Luca ja auch so schön geschrieben? Alles annehmen und nicht bewerten. »Puhhh, das ist aber ganz schön harter Tobak«, dachte sie. Sie hatte kehrtgemacht und war zurück zum Ufer geschwommen. Jetzt wollte sie den Brief unbedingt noch mal lesen. Sie trocknete sich ab und lief zurück ins Zimmer. Sie holte den Brief und machte sich dann auf den Weg zum Frühstück, wo sie sich eine Tasse Kaffee organisierte und sich auf den gleichen Platz wie am Tag zuvor setzte. Von hier konnte sie ungestört das Meer sehen und in ihren Gedanken versinken. Ihre kleine Erkenntnis, auch wenn sie bitter war, gab ihr etwas Aufwind. Es fühlte sich an, als hätte sie ein passendes Puzzle gefunden. Sie wollte mehr davon. Sie nahm einen Schluck von ihrem Kaffee und las die Zeilen erneut.

Sie verstand jetzt, was er meinte. Wow, was für eine Wendung. Beim zweiten Mal machte es Sinn. Ihre Reise hatte begonnen!

6. Ihre Reise

 Lisa hatte sich schon sehr lange ge-
wünscht, nach Asien zu reisen. Ihre
Arbeitskollegin Nancy und ihr On-
Off-Freund waren schon häufiger in
Thailand gewesen und hatten sehr davon geschwärmt. Sie hatte sich immer
gedacht, eines Tages würden sie und
Tom das auch machen. Nun waren es
zwar andere Umstände, aber sie wollte das Land trotzdem erkunden und genießen. Die letzten Tage waren so anstrengend
und so voll von emotionalen Ausbrüchen gewesen, dass sie eine
Pause brauchte. Sie hatte bei ihrer Ankunft an der Rezeption einige Flyer mit Ausflügen gesehen und beschloss, dort nach dem
Frühstück mal vorbeizuschauen. Schlussendlich entschloss sie
sich für einen Ausflug nach »Ko Phi Phi«, »Monkey Beach« und
einigen anderen Buchten.

Am darauffolgenden Tag würde sie um 7.00 Uhr im Hotel
abgeholt werden. Sie freute sich! Auf Ablenkung, neue Eindrücke und andere Menschen.

Der Bus hielt fast pünktlich vor ihrem Hotel, sie kletterte
in den klimatisierten Bus und nahm im hinteren Drittel am
Fenster Platz. Die Fahrt sollte circa eineinhalb Stunden dau-
ern. Sie machte es sich bequem in ihrem Sitz und schaute aus
dem Fenster. Am Straßenrand sah sie immer wieder kleine
Einkaufsmöglichkeiten und Menschen, die ihre Besorgungen
erledigten. Ab und zu huschte ein Roller mit manchmal sogar mehreren Mitfahrern rechts oder links am Bus vorbei. Es
war faszinierend, wie der Straßenverkehr funktionierte. Eine
wirkliche Ordnung konnte sie nicht erkennen. Sie realisierte
aber auch, dass das Leben einfach weiterging, auch wenn sie
versuchte, ihr eigenes zu pausieren. Ab und zu erhaschte sie

einen Blick aufs Meer. Es glitzerte in der Morgensonne und war friedlich und freundlich.

Am Hafen angekommen, bekamen Lisa und die anderen Touristen eine kurze Einweisung und dann ging es auch schon gleich los. Sie kletterten in das Boot und reihten sich im hinteren Teil auf knappen Sitzbänken entlang der Seiten des Bootes auf. Sie saßen ziemlich eng. Lisa fand sich zwischen einem englischen Pärchen in ihren Fünfzigern auf der rechten und einer asiatischen Mädelsgruppe auf der linken Seite wieder. Das Boot preschte über die Wellen und man konnte einigen Passagieren ansehen, dass sie mit der Übelkeit kämpften. Die Fahrt bis zum ersten Schnorchelplatz war allerdings nicht weit. Es war wunderschön. Das Meer war türkisblau und das Boot ankerte in einem weniger tiefen Gebiet entlang einiger grünbewachsener steiler Klippen. Es war wirklich wie auf den Fotos, die sie immer gesehen hatte. Sobald der Tourleiter sein Go gab, sprang Lisa ins Wasser. Das liebte sie. Sie zog sich ihre Taucherbrille auf, richtete ihren Schnorchel und tauchte ab in die faszinierende Unterwasserwelt. Es war ganz still. Sie trieb einfach dahin, beobachtete die bunten Fischschwärme und vergaß alles um sich herum. Das ging so eine ganze Weile, bis der Tourguide signalisierte, dass sie weiter zur nächsten Bucht aufbrechen wollten.

Lisa war in der Nähe des Bootes, als der Skipper ein paar Brotkrümel direkt vor ihr ins Wasser warf. Auf einmal war von Stille keine Spur mehr. Ihr Gesicht war inmitten eines Fischschwarmes. Sie hörte auf zu atmen, da sie Angst hatte, durch ihren Schnorchel könnte einer der kleinen Fische kommen. Tatsächlich absurd, die Fische waren viel zu groß, aber sie war darauf nicht vorbereitet. Puhh, das war sogar für sie ein bisschen viel gewesen. Es riss sie aber auf jeden Fall aus ihrer Trance. Sie hatte gar nicht gemerkt, dass die anderen bereits wieder an Bord kletterten. Sie schwamm zurück zur Treppe, stieg hinauf ins Boot und machte sich bereit für die Weiterfahrt. Sie sah, wie sich die anderen rege miteinander unterhielten und ihre Erlebnisse teilten. Sie hätte auch gerne jemandem erzählt, was sie gesehen hatte. Die Schönheit der Unterwasserwelt, die

Farbenpracht und auch das Erlebnis, auf einmal mitten in einem Fischschwarm zu sein. Es war aufregend gewesen. Sie genoss den Ausflug, sie genoss auch die Zeit für sich, dass sie einfach nur sein konnte, aber dennoch spürte ein Teil in ihr, dass an ihrer Seite etwas fehlte.

Sie fuhren weiter zur Maya Bay. Lisa hatte von der aufgeregten asiatischen Mädchengruppe aufgeschnappt, dass dort wohl »The Beach« mit Leonardo DiCaprio gedreht wurde. Sie war gespannt, vielleicht färbte aber auch einfach die Aufregung der weiblichen Fans neben ihr ab.

Es war völlig überfüllt. Mehrere Touristenboote luden dort in Scharen ihre Gäste ab. Diese wanderten dann ein paar Meter am Strand, schossen ein paar Bilder, um dann wieder ins Boot zu klettern und zur nächsten Attraktion zu fahren.

Lisa setzte sich in den Sand und beobachtete dieses Schauspiel. Im flachen Wasser lagen wunderschön traditionelle, bunt geschmückte, lange Holzboote. Sie sahen wundervoll aus in diesem türkisen Meer. Das Treiben der Menschen hingegen war geradezu lächerlich. Sie beobachtete, wie sie sich in Pose warfen und gegenseitig fotografierten. Sie fragte sich, für wen sie das wohl taten? Sie wollte keine Bilder machen, sie wollte ja noch nicht mal jemanden sagen, dass sie hier war. Ihr fiel in diesem Moment auf, dass sie tatsächlich niemanden gesagt hatte, wo sie war. Diese Reise gehörte nur ihr. Ohne sie zu teilen, fühlte sie sich aber auch irgendwie nicht real an. Als wäre sie in einer parallelen Welt, ausgestiegen aus dem normalen Leben. So saß sie an diesem Strand. Die anderen Menschen hier lebten ihr Leben, machten Bilder, um diese über Instagram mit ihren Bekannten zu teilen oder an Verwandte zu senden. Sie saß einfach nur da. Nicht in ihrem Leben. Ihr Leben stand still. Ausgeblendet.

Der Ausflug führte sie weiter auf eine kleine Insel, wo sie zu Mittag aßen. Lisa blieb bei ihrer Gruppe, hielt sich jedoch im Hintergrund. Auf dem Rückweg verteilte der Tourleiter vorsichtshalber Tabletten gegen Reiseübelkeit. Die Rückfahrt dauerte ein bisschen länger als die einzelnen Etappen zuvor und außerdem hatten sich die Gäste gerade die Bäuche vollgeschlagen. Vermutlich hatten die Guides hier schon das ein oder andere schlechte Erlebnis gehabt, bei dem anschließend das Boot hatte gereinigt werden müssen. Lisa nahm keine der Tabletten. Sie hatte keine Probleme mit Wellengang und hielt es deshalb nicht für notwendig. Witzig war, dass alle, die diese Tabletten genommen hatten, kurz danach einschliefen. Lisa schmunzelte. Es war ein lustiger Anblick, wie die Touristen, weggetreten von ihren Übelkeitstabletten, wieder zum Hafen geschifft wurden. Sie genoss die Ruhe, die die Schlafenden ausstrahlten, und blickte aufs Meer, wie es vorbeiraste.

Auf der Busfahrt zurück döste sie ein. Es war ein guter Tag. Fortschritt. Sie spürte, wie heilsam die Schönheit der Natur war.

Der nächste Tag begann bereits recht routiniert. Sie stand morgens auf, schwamm eine Runde im Meer und setzte sich danach an ihren gewohnten Platz auf der Terrasse, um ihr Frühstück zu genießen. Doch heute vermisste sie Tom. Sie saß da und vermisste seine Gesellschaft, seine Haut, dass sie ihn eben anrufen konnte. Er war nicht da und es fehlte etwas. Liebte sie ihn vielleicht doch? Woher kamen diese Gefühle? Wie konnte sie so empfinden? War etwa auf einmal egal, was er ihr angetan hatte?

Es war gut, dass sie nicht zu Hause war. Vermutlich wäre sie in diesem Moment schwach geworden. Sie wäre zurückgegangen, wie sie es so oft in den letzten Monaten getan hatte. Es tat weh, egal was war. Sie wollte sich ablenken und beschloss, eine Nachricht an Luca zu schreiben. Es war nun bereits Mittwoch. Am Montag waren sie abgereist. Er sollte also bereits zu Hause angekommen sein.

Sie ging zurück in ihr Zimmer, vorbei an den Zimmermädchen, die sie so freundlich wie jeden Tag begrüßten. Sie schnappte sich ihr Handy, schaltete es an und wartete. Sie hatte es seit ihrer Ankunft am Sonntag nicht mehr angemacht. Es vibrierte und ihr wurden einige Nachrichten angezeigt. Ihre Mutter: »Schatz, kommst Du am Sonntag zum Essen? Es gibt Rollbraten, den magst Du doch so gerne.« Nancy: »Wo zum Teufel steckst Du? Was ist los?« Ihr Chef: »Schick mir bitte den offiziellen Urlaubsantrag, sobald du am Laptop bist, und komm so schnell es geht zurück, wir brauchen Dich!« … Die Nachrichten ploppten eine nach der anderen auf. Von ihm war jedoch nichts dabei.

Und wieder schmerzte es!

Sie hielt kurz inne, besann sich jedoch darauf, was sie eigentlich tun wollte. Sich ablenken. Sie nahm den Zettel mit der E-Mail-Adresse von Luca und fing an zu tippen.

Lieber Luca,

Vielen Dank für deinen Brief! Ich habe mich sehr darüber gefreut. Ich war überrascht, aber er kam zur richtigen Zeit. Auch wenn ich anfänglich etwas Schwierigkeiten hatte, den Sinn zu verstehen, haben mich deine Zeilen die letzten zwei Tage begleitet. Sie haben mir eine andere Perspektive gegeben und einen Schritt nach vorne ermöglicht. Ich möchte Dir dafür danken. Nun aber sitze ich hier, habe den ersten Schritt getan, aber mit dem Gefühl, zwei Schritte zurückzumachen. Ich stelle mir die Frage, warum Liebe immer so schmerzhaft sein muss?

In Dankbarkeit,
Lisa

Sie zögerte kurz, drückte dann aber auf Senden. In London war es noch sehr früh am Morgen. Sie beschloss also, ihr Telefon beiseitezulegen und an den Strand zu gehen.

Sie legte sich in den Halbschatten und lauschte den Wellen. Es war wunderschön. Hätte sie nicht ihr völlig zerstörtes Gefühlsleben dabeigehabt, wäre es perfekt gewesen. Sie konzentrierte sich auf das, was sie mit ihren Augen sehen konnte: den Horizont, das Meer und die Regelmäßigkeit der Wellen. Ihre Augen fielen zu und sie schlief ein.

Als sie die Augen aufmachte, war bereits einige Zeit vergangen. Die Sonne hatte ihre Position geändert und schien ihr nun direkt ins Gesicht. Ihr Kopf glühte. Sie richtete sich auf, wischte sich den Schweiß aus dem Gesicht und nahm erst mal einen großen Schluck aus ihrer Wasserflasche. Gott sei Dank hatte sie heute daran gedacht. Da fiel ihr ein, dass sie Luca geschrieben hatte und nun ja einige Stunden vergangen waren. Sie war neugierig, packte hastig ihre Sachen zusammen, stopfte das Handtuch in die Strandtasche, welche sie vom Hotel bekommen hatte, und machte sich auf den Weg in ihr Hotelzimmer. Ihr war noch ein bisschen schummrig. Um so mehr freute sie sich auf die Kühle des Zimmers. Sie entriegelte die Tür mit ihrer Zimmerkarte, trat hastig ein, pfefferte die Tasche in die Ecke und nahm ihr Handy vom Bett. Eine neue Nachricht.

Liebe Lisa,

Ich freue mich, von Dir zu lesen und auch, dass ich etwas zu deinem Fortschritt beitragen konnte. Die Welt, die wir in unserem Inneren tragen, ist eine sehr komplexe, jedoch auch voll der wunderbaren Möglichkeiten, wenn man sich in ihr zurechtfindet. Sei mutig, es lohnt sich.
Nun zu deiner Frage: Warum schmerzt die Liebe? Lass mich Dir folgende Zeilen schreiben:

****

»Die Liebe

Wenn einen die Liebe streift, berührt man sie?
Hält man sie fest oder kann man sie greifen?
Ausgeliefert, sobald sie einen durchfährt?
Doch ist das wahr?
Abhängigkeit, den Ursprung im Kopfe findend,
wird oft verkannt als Liebe.

Welch Trugschluss zu glauben, dass Liebe wehtut.
Liebe ist! Und alles andere ist keine Liebe!
Doch wie ist es zu lieben? An was halte ich mich fest? An
nichts!
Es ist das Vertrauen in das Sein, welches der Nährboden der
wahren Liebe ist.
Der Mut, ohne jedwede Kontrolle zu leben,
der Liebe Raum gebend.
Das ist die Kunst des Lebens und des Liebens.«

****

Grüße,
Luca

Lisa las die Zeilen, dann las sie sie noch mal. Und auch noch ein drittes Mal. Sie versuchte zu greifen, was er schrieb. Aber erneut tat sie sich schwer damit. Sie erinnerte sich an das letzte Mal und legte das Telefon und damit die E-Mail zur Seite. Sie legte sich auf ihr Bett, rollte sich zur Seite und schaute aus dem Fenster. Sie lag einfach nur da. Ihr fielen die Gardinen auf. Sie waren in einem schweren roten und aufwendigen Muster. Überhaupt hatte sie die liebevolle Einrichtung bisher gar nicht wirklich wahrgenommen. Sie drehte sich auf den Rücken und sah sich in ihrem Zimmer um. Sie hatte ein ganz schönes Chaos kreiert. Sie hatte sich nicht mal die Mühe gemacht, ihre Kleider in den Schrank zu räumen. Ihre Tasche sah aus, als hätte sie sich übergeben. Kleider hingen halb aus ihr heraus, Unterwäsche war auf dem Boden verteilt. Daneben lagen Schuhe und Handtücher. Die Badetasche war lieblos in die Ecke geworfen worden. Wow! Das Zimmer sah aus, wie sie sich innerlich fühlte. Es war ihr unangenehm, es so zu sehen, und sie entschloss sich, das Chaos zu beseitigen. Sie drehte sich aus dem Bett, sammelte ein paar Kleider zusammen und hing sie eins nach dem anderen auf Bügel in ihren Schrank. Die Unterwäsche legte sie in Schubläden neben ihrem Bett. Sie nahm ihre Schuhe, reihte sie neben der Tür auf und sammelte leere Flaschen und sonstigen Müll ein. Lisa hatte sich am Flughafen Müsliriegel besorgt und die leeren Verpackungen hatten tatsächlich immer noch auf ihrem Nachttisch gelegen.

Sie hatte sich einmal quer durchs Zimmer gearbeitet und nun sah es auch schon viel besser aus. Danach ging sie ins Bad und beschloss zu duschen. Sie hatte sich in den letzten Tagen nicht besonders gut um sich gekümmert. Da sah man ihr an. Sie hatte ihr Bestes gegeben, aber es war einfach nicht genug Kraft da gewesen. Nun aber musste sie einen Schritt nach dem anderen machen. Sie wollte Fortschritte und nicht in alte Gewohnheiten verfallen. Sie hatte den Satz aus der E-Mail im Kopf: »Liebe ist. Und alles andere ist keine Liebe.« Dann war es also wohl eher keine Liebe. Tief in ihr drin wusste sie es bereits, sie wusste, dass Tom es vermochte, sie um den Finger zu wickeln, immer und immer wieder. Es war gut, noch mal zu lesen, dass Liebe etwas anderes war. Und Lisa wollte Liebe. Sie wollte keine Beziehung, die auf weniger basierte. Dann lieber keine. Es half ihr, den Anflug des Schmerzes zu überwinden, der sie heute Morgen beim Frühstück überkommen hatte. Sie hatte ihn auf einmal so sehr vermisst. Ja, aber warum? Was zog sie denn immer wieder zurück, wenn sie doch eigentlich bereits wusste, dass es nicht richtig war?

Sie stellte sich unter die Dusche und machte das Wasser an. Sie ließ es sich über den Kopf und das Gesicht laufen. Lisa nahm ganz bewusst wahr, wie es ihre Haut berührte, die Wärme. Es war fast, als würde sie von dem Wasser gestreichelt werden. Hier, wo niemand auf sie wartete und sie nichts zu erledigen hatte, war sie auf einmal nur in dieser Dusche. Keine Hektik, keine Gedanken darüber, was erledigt werden musste, und wenn schon, es war ihr egal. Sie hatte so viel verloren. Sie machte sich keine Sorgen mehr, an etwas festzuhalten, etwas sein zu müssen. In diesem Moment war sie einfach nur dort in dieser kleinen Dusche, in diesem netten, kleinen Hotel in Thailand. Und es war genug.

Lisa hatte eine unruhige Nacht. Sie wachte immer wieder auf und wälzte sich von rechts nach links. Erst war ihr heiß, dann wieder kalt. Sie fand keine Position, die ihr wirklich bequem erschien. Deswegen richtete sie sich auf und trank einen Schluck Wasser. Sie versuchte zu erkennen, ob es Geräusche von draußen waren, die sie störten, oder ob es zu hell war. Aber es war alles ruhig. Zu ruhig. Die letzten Nächte war sie so erschöpft gewesen, dass sie einfach durchgeschlafen hatte. Aber jetzt, wo sich ihr Körper langsam von den Strapazen erholt hatte, machte sich ihre innere Unruhe umso mehr bemerkbar. Und es gab nichts, absolut nichts, das das übertönte. Sie musste sich dem stellen.

Sie versuchte, ihren Körper zu beruhigen und einfach nur dazuliegen. Sie konzentrierte sich auf ihre Atmung. Sie hatte das damals in ihrer Kindheit gelernt. Ein Psychologe hatte ihr diesen Tipp gegeben, als sie während ihrer Schulzeit öfter an nächtlichen Panikattacken litt. Die Gemeinheiten ihrer Mitschüler hatten sie damals so gestresst, dass sich ihre Brust jedes Mal verkrampfte und sie das Gefühl hatte, nicht mehr atmen zu können. Dieser Zustand setzte ein, sobald sie zur Ruhe kam. Sie versuchte also genauso wie damals, einfach zu atmen. Das hatte sie lange nicht mehr gemacht. Sie erinnerte sich an damals. Es war hart für sie gewesen. Sie hatte nicht zugeben wollen, dass sie gemobbt wurde. Sie hatte einfach nur so tun wollen, als wäre nichts. Dieses Gefühl hatte sich über Jahre in ihr aufgestaut, bis ihr Körper diese Anspannung nicht mehr verkraften konnte. Sie hatte Mitleid mit ihrem damaligen jüngeren Selbst. Ihr liefen Tränen seitlich aus den Augen über die Schläfe. Es war hart für sie, diese Erinnerung auszuhalten. Aber sie ließ sie zu und atmete wieder bewusst ein und aus. Und wieder ein und aus. Sie legte die Hände auf ihren Bauch und fühlte sich. Sie fühlte sich seit langem mal wieder bewusst selbst. Da war ja jemand, sie hatte einen Körper. Und der war hier. Es war der gleiche Körper, dem dieser Schmerz angetan worden war. Der getreten worden war. Als sie das bewusst fühlte, brach es aus ihr heraus. Sie weinte und schluchzte. Es war wie ein heftiger Schwall, der sie überkam. Sie hatte das Gefühl, sich übergeben zu müssen, lief zur Toilette und erbrach sich. Sie wischte sich mit der Hand den Mund ab und lehnte sich an der Wand an. Sie atmete tief durch und beruhigte sich langsam. Das hatte gutgetan. Es war raus. Sie war erschöpft und schlief, bis die Sonne sie am Morgen weckte.

Ihr wurde bewusst, dass es ein langer Weg sein würde, zu dem Leben zu kommen, das sie sich als Kind immer erträumt hatte. Aber sie war es diesem kleinen Mädchen schuldig. Diesem kleinen Mädchen, welches so tapfer all diese Gemeinheiten ausgehalten hatte und dennoch ein guter Mensch geworden war, dem wollte sie dieses Leben schenken. Das gab ihr Kraft!

Wenn man das Leben lernt

Lisa hatte einen neuen Tag vor sich. Sie war voller Tatendrang und wollte ihr Leben anpacken. Sie wollte etwas erleben. Wie jeden Morgen ging sie erst mal eine Runde schwimmen, trocknete sich ab, zog sich an und machte sich auf den Weg zum Frühstück. Und etwas war passiert. Sie hatte gute Laune. Am Buffet stellte sie sich einen bunten Teller mit frischem Obst zusammen, schnappte sich einen Joghurt und setzte sich an ihren gewohnten Platz. Sie genoss ihr Essen; der Geschmack der süßen Mango beispielsweise kam ihr so intensiv vor. Es war wunderbar. Sie lehnte sich zurück und blickte aufs Meer. Heute wollte sie aber keine Zeit verschwenden. Die letzten Tage hatte sie damit verbracht, endlos aufs Meer zu starren. Heute wollte sie etwas tun. Sie ging zur Rezeption und sah eine der freundlichen Angestellten, die sie jeden Tag so herzlich begrüßten. Die zierliche Frau trug ein gut sitzendes, traditionelles Kleid mit aufwendigen Verzierungen. Der Rock reichte bis fast an ihre Knöchel und war mit einem aufwendigen Blumenmuster verziert. Es war hübsch. Ihr fiel auf, dass alle weiblichen Angestellten dieses Gewand trugen. Sie bemerkte erneut, wie wenig sie in den letzten Tagen wahrgenommen hatte. Sie war wohl ganz in sich versunken gewesen.
Die Dame an der Rezeption lächelte sie an: »Guten Tag, kann ich ihnen behilflich sein?« »Ja, vielen Dank. Ich möchte gerne

etwas unternehmen. Etwas, bei dem ich das Land auf authentische Art kennenlernen kann.« Sie überlegte kurz, dann blickte sie Lisa an und lächelte:»Heute findet ein Kochkurs für traditionelle Gerichte statt. Gar nicht weit von hier.« Das war perfekt! Es war unkompliziert, Lisa konnte etwas mit ihren Händen tun und gekocht hatte sie schon länger nicht mehr wirklich. Eigentlich hatte sie es immer gerne gemacht, aber Tom hatte einen ziemlich anderen Geschmack als sie, weshalb sie entweder essen gingen, etwas holen oder manchmal hatte auch Tom gekocht.

Also gebucht!

Einige Stunden später machte sie sich auf den Weg zu dem Restaurant, in welchem der Kurs stattfinden sollte. Sie ging entlang der Straße, an der auch ihr Hotel lag. Bisher war sie nicht aus der Hotelanlage herausgekommen, zumindest nicht zu Fuß. Sie fühlte sich unsicher, aber es war auch aufregend, die gewohnten Pfade zu verlassen. Sie hielt Ausschau nach dem Restaurant mit dem Namen»Happy Soul«. Laut Beschreibung sollte es sich in circa 1,5 Kilometer auf der rechten Seite befinden. Sie lief an einigen Restaurants und kleinen Shops vorbei. Die meisten von ihnen hatten eine große Leuchtschrift über der Eingangstür. Die Atmosphäre war oft sehr kühl und lud wenig zum Genuss ein, auch wenn das Essen auf den Tellern, die sie erspähen konnte, immer unwiderstehlich aussah. Sie beobachtete einige Einheimische, wie sie zusammensaßen. Sie war sich nicht wirklich sicher, ob sie einfach gemeinsam saßen oder ob sie sich unterhielten. Es schien aber sehr friedlich und ausgeglichen. Weiter die Straße runter konnte sie dann das Restaurant erkennen. Es war so gar nicht wie die anderen. Im Eingangsbereich waren große grüne Pflanzen. Man trat ein und es öffnete sich eine große, einladende Terrasse mit Blick aufs Meer. Sie stellte sich vor, wie schön es hier wohl wäre, bei einem Candle-Light-Dinner das Essen zu genießen. Es war mit so viel Liebe eingerichtet, dass es direkt zum Verweilen einlud. Eine freundliche Dame kam aus der Küche geeilt, als sie Lisa die Terrasse betreten sah. Sie lächelte sehr freundlich und signalisierte Lisa mit einer Geste ihrer Arme, ihr zu folgen. Die Frau sprach kein Englisch.

Lisa trat in die Küche und ein heller, offen gestalteter Raum erwartete sie. In einer Ecke stand ein mittelgroßer, etwas dicklicher älterer Mann. Er grinste und Lisa sah, dass er eine Zahnlücke hatte. Er hatte sehr ausgeprägte Lachfalten um die Augen und durch sein Lächeln konnte Lisa seine Augen kaum sehen. Es war ansteckend. Es war echt und so herzlich, dass Lisa merkte, wie es auch ihre Mundwinkel nach oben zog. Er hatte eine schwarze Schürze umgebunden und vor ihm lagen ein hölzernes Schneidebrett und ein Messer, das wirklich sehr scharf aussah. Neben seinem Brett lagen ein ganzes Bündel frischen Korianders, Zitronengras, Chilischoten, Thaibasilikum und noch etliches mehr. Die Zutaten waren ungemein farbenfroh und sahen so viel frischer aus, als wenn sie diese Zutaten in ihrer Küche zu Hause hatte. Lisa blickte zur Tür, um zu sehen, wo die weiteren Teilnehmer blieben. Der Koch schien dies zu bemerken, kam zu ihr herüber und sagte mit sehr starkem, asiatischem Akzent so etwas wie: »No, no other guest, it's just you, you are lucky.« Sie wusste im ersten Moment nicht, ob sie sich darüber freuen sollte, doch der Mann grinste sie weiter an und strahlte einfach etwas aus, sodass dieser Zweifel verflog. Er gab ihr eine Schürze und signalisierte ihr, sich diese umzubinden. Er legte ein Schneidebrett neben seines, reichte ihr ein Messer und nickte mit einem kleinen »Go«. Er begann damit, Karotten zu schneiden, und deutete mit der Spitze seines Messers auf die Karotte neben ihrem Schneidebrett. Sie sollte es ihm gleichtun. Ok, damit konnte Lisa etwas anfangen. Sie machte ihm einfach nach. Sie schnappte sich die Karotte und fing an. Sein Messer flog geradezu über das Brett und die Stückchen sahen so ebenmäßig aus, wie mit einer Maschine produziert. Ohne jegliche Anstrengung, mit ganz ruhigem Oberkörper. Sie hingegen musste sich stark konzentrieren, verkrampfte, aber gab sich zumindest alle Mühe. Sie kam sich steif vor. Er bemerkte ihr Bemühen und sagte: »No, no. Easy. No think.« Und grinste wieder über das ganze Gesicht. Sie versuchte, ihre Körperhaltung zu entspannen und ihren Kopf auszuschalten. Sie wollte jetzt einfach nur diese Karotte hacken. Es wurde besser, ihre Bewegungen wurden weicher und das Ergebnis gleichmäßiger. Der Koch griff bereits zu den Pilzen und deutete an, es ihm gleichzutun. Sie sah ihm zu und machte es nach. Sie waren viel weicher und es ging ganz leicht. Als sie zu den Chilis kamen, sagte er: »No touch!« und deutete auf die Augen. Sie erinnerte sich, wie sie genau diesen Fehler mal gemacht hatte. Es hatte höllisch gebrannt. Sie schmunzelte.

Sie hatte sich an die Situation nun gewöhnt und fand Gefallen an ihrem Koch. Er war fröhlich und unkompliziert. Er kochte einfach und zeigte ihr, wie es ging. Mehr wollte sie auch nicht. Es machte Spaß. Man sah, dass er liebte, was er tat. Wie er die Zutaten anfasste und die Ruhe und Fröhlichkeit, die er ausstrahlte, waren ansteckend. Sie wechselten die Seite des Tisches und standen nun vor einem großen Wok. Er fing an, Zutaten in den Wok zu geben, rührte, wendete in der Luft. Alles ging blitzschnell und schon war es fertig. »Now Lisa«, sagte er. Sie schaute ihn erstaunt an, trat dann aber an den Wok und fing an, einiges von den gehackten Zutaten hineinzugeben. Jetzt verstand sie, warum er so schnell war. Der Wok hatte eine irre Hitze. Sie geriet in Hektik und schwitzte vor dem heißen Herd. Der Wok war sehr schwer und sie hatte nicht das Gefühl, die Lage im Griff zu haben. Er bemerkte, wie gestresst Lisa war, sagte wieder: »No. no think. Only see«, deutete auf seine Augen, »and feel« und deutete auf sein Herz. Er übernahm den Wok und ließ das Gemüse darin tanzen. Lisa bewunderte, mit welcher Hingabe er seiner Arbeit nachging. Er war so fröhlich und alles schien so einfach und im Flow.

Das Essen schmeckte göttlich. Sie saß mit der Frau und dem Koch auf der Terrasse, sah aufs Meer und genoss das Essen. Sie nahm den Geschmack viel bewusster wahr, jetzt, wo sie selbst dabei war und alle Schritte gesehen hatte. Er sah sie an, grinste wie immer und fragte: »Good?« Lisa musste auch grinsen und sagte: »Yes, very good.« Sie lächelte nicht nur mit ihrem Gesicht, sondern auch mit ihrem Herzen.

Nach dem Essen machte Lisa sich auf den Weg zurück zum Hotel. Sie lief die Straße entlang und dachte über den Kurs und den alten Mann nach, der so glücklich in seinem Tun war. Es hatte sie beeindruckt. Sie überlegte, ob es irgendetwas in ihrem Leben gab, das ihr so ein Gefühl von Zufriedenheit gab.

Was macht mich eigentlich glücklich?

Lisa hatte immer mit Pferden gespielt. Es war ihr egal, ob es Kuscheltiere, Kunststoff-Pferde oder echte Pferde waren. Hauptsache Pferd. Sie war so fasziniert von diesen Wesen, ihrer Eleganz und den wunderschönen Köpfen. Es ging gar nicht so sehr darum, reiten zu lernen, als vielmehr um das Tier an sich. Sie beobachtete gerne. Es machte sie glücklich, den Tieren auf der Weide zuzusehen. Ähnlich wie heute bei dem Mann. Seine Anwesenheit und das, was er ausstrahlte, hatten eine ähnliche Wirkung auf sie. Sie hatte das lange nicht mehr wahrgenommen. In dem Trubel des Alltags hatte sie das ganz vergessen. Doch was war es?

Als sie zurück in ihrem Zimmer war, beschloss sie, Luca von ihrem Tag und ihren letzten Erkenntnissen zu berichten. Sie nahm ihr Handy, schaltete es an und wartete. Diesmal war sie bereits auf die Nachrichten vorbereitet. Sie sah also zu, wie eine Nachricht nach der anderen angezeigt wurde. Nur auf eine war sie nicht vorbereitet. Sie kam von Tom: »Lisa, wo bist Du? Hier drehen alle durch wegen Dir. Ich mache mir Sorgen! Du kannst uns doch nicht alle ignorieren!« »Ähhh, wie bitte?«, dachte Lisa. Er schrieb ihr einfach eine Nachricht, als wäre nichts passiert. Ohne eine Entschuldigung, ohne zu erwähnen, was vorgefallen war. Stattdessen machte er ihr gleich wieder einen Vorwurf. Wie konnte sie nur einfach gehen! Lisa musste laut auflachen, so absurd war das. Es war kein glückliches Lachen, sie lachte, weil es grenzenlos absurd und unverschämt war. Seine Nachricht bildete einen wahnsinnigen Kontrast zu dem, was sie heute erlebt hatte. Das heute war echt, nicht gespielt, es war einfach. Genau das war es! Das war es, das sie auch bei den Pferden mochte. Sie waren echt. Ihr Verhalten war echt. Das Verhalten und das, was sie ausstrahlten, waren eins. Menschen hatten sie schon als Kind manchmal verwirrt, wenn das, was sie sah, irgendwie nicht zu dem passte, was sie hörte. Es strengte sie an, weil sie immer versuchte, es zusammenzubringen. Sie hatte irgendwann aufgehört, verstehen zu wollen. Vielmehr dachte sie, es läge an ihr, weil sie Menschen einfach nicht einschätzen konnte. Sie dachte, es wäre ihre Schwäche. Die Wahrheit war, es passte wirklich nicht zusammen, es war nicht ihre Schuld. Ganz im Gegenteil! Sie hatte eine sehr gute Wahrnehmung für die Dinge. Die meisten Menschen waren einfach nicht authentisch.

Sie wollte genau das erforschen. Sie wollte wissen, wie man so in sein eigenes Element kam wie dieser Mann. Sie wollte das auch sein!

Sie klickte die Nachricht von Tom weg, ohne einen weiteren Gedanken an ihn zu verschwenden. Seine Spielchen, Vorwürfe und auch er selbst waren in diesem Moment völlig unwichtig geworden. Er verkörperte genau diese unberechenbare, nicht zusammenpassende Vielschichtigkeit, von der sie sich abwenden wollte, hin zu einer aufrichtigen Einheit im Menschen ...

Sie fing an zu tippen:

Lieber Luca,

Von Herzen danke ich Dir für deine letzten Zeilen. »Liebe ist! Und alles andere ist keine Liebe«, es klingt so einfach! Die Umsetzung ist es aber nicht. Es fühlt sich an, als läge ein ganzer Dschungel vor mir, den ich durchqueren muss, um zu dieser Einfachheit zu kommen. Ich arbeite daran! Heute habe ich einen Kochkurs bei einem faszinierenden Thailänder gemacht. Er war so glücklich, dass es selbst bis zu mir durchgedrungen ist und mich angesteckt hat. Diese Zufriedenheit möchte ich auch erlangen.

Hast Du einen Tipp?

Liebe Grüße,
Lisa

Sie legte ihr Telefon beiseite und ging in die Dusche. Sie war noch völlig verschwitzt von den Arbeiten in der Küche. Sie musste schmunzeln bei dem Gedanken, wie verkrampft sie gewesen war. Was mochte wohl der Mann über diese angestrengten Touristen denken?

Die Seife roch herrlich, bisher hatte Lisa das noch gar nicht bemerkt. Die Dusche tat gut. Sie hatte das Gefühl, vieles abzuwaschen, das sie nicht mehr brauchte. Lisa drehte das Wasser ab, nahm sich ein kleines Handtuch und wickelte es um ihre Haare zu einem Turban, dann nahm sie sich ein zweites, größeres und schlang es um ihren Körper. Der Spiegel im Bad war beschlagen. Sie wischte mit der Hand darüber, um sich selbst sehen zu können. Sie gefiel sich besser! Etwas war in ihr aufgewacht! Sie cremte ihr Gesicht ein, nahm etwas Deo und setzte sich aufs Bett. Sie sah, dass sie bereits eine neue Nachricht hatte. Sie freute sich und überlegte kurz: »Ah, bei Luca ist es circa Mittagszeit.« Sie begann zu lesen:

Liebe Lisa,

Es freut mich zu lesen, dass Du so wunderbare Erlebnisse auf deiner Reise hast, und ich muss sagen, ich hätte dem Kochkurs gerne beigewohnt. Es hört sich nur allzu vergnüglich an. Hinsichtlich der angesprochenen Zufriedenheit kommen mir folgende Worte in den Sinn:

****

»Die Liebe zum Tun ist wohl eines der reinsten und
schönsten Gefühle des Menschen.
Die Erfüllung im Moment, die Liebe zum Getanen als auch
zu dem Moment der Tat selbst.

Es nicht bewerten, fließen lassen,
es in seiner Gesamtheit annehmen.
Nicht getrieben von einem Um-zu nur des Tuns wegen.
Weil man es liebt.
Wie erfüllend eine einfache Tat doch sein kann.

Den Schlüssel die ganze Zeit bei sich habend, strebt man
stets nach Komplexität, Wohlstand,
einfach mehr von allem.
Welch Schmerz sich im Herzen zeigt, wenn man erkennt,
dass dieser schmerzhafte und kräftezehrende Weg sicherlich
lehrreich, jedoch im Eigentlichen
ein Irrweg ist.
Denn die Erfüllung liegt im Moment der Tat,
nicht im Ergebnis.
Es ist vielmehr,
dass eine erfüllte Tat zu einem guten Ergebnis führt
und Erfolg mit sich bringt.
Wie einfach es doch sein kann, erfüllt zu sein!«

****

Grüße,
Luca

Er hatte so Recht! Lisa las die Zeilen und es machte so unglaublich viel Sinn für sie. Auch sie war zu Hause in genau jener Tretmühle gefangen. In einem Leben, in dem man arbeitete, nicht weil man die Arbeit liebte, sondern weil man Rechnungen zu bezahlen hatte und sich schöne Dinge leisten wollte. Man wollte sich belohnen, weil man so schön durchhielt. Man war in einem ständigen Wettbewerb, verbog sich, um wiederum ins Raster zu passen und in diesem erfolgreich zu sein.

Lisa war sich sicher, der Mann heute aus dem Kochkurs brauchte keine Belohnung und er empfand das Kochen auch nicht als Wettbewerb. Er verbog sich nicht. Er machte es gerne.

Sie wusste, es war Zeit, in ihrem Leben wieder auf Play zu drücken. Sie buchte also den Rückflug ...

TEIL 3

Teil 3

Diese junge Dame war nun gewillt, ihr Leben in die Hand zu nehmen. Wir alle wissen, dass sich vieles leicht anhört, jedoch schwierig in der Umsetzung ist. Es ist ein Prozess. Ein sehr langwieriger Prozess, der dennoch niemanden davon abhalten sollte, aufzubrechen!

Man muss nur geduldig mit sich selbst sein und man wird belohnt.

7. Als sie die Heimreise antrat

 Heute war es also so weit. Sie würde ihren geheimen Rückzugsort in Thailand verlassen und sich der Realität zu Hause stellen. Ihr wurde ganz mulmig bei dem Gedanken, aber sie wusste, dieser Moment würde sowieso kommen, egal wie lange sie sich verkroch. Sie fing also an, ihre Sachen aufzusammeln und in ihre Tasche zu packen. Sie hatte eh nicht viel dabei, deshalb ging es ganz schnell. Ruck zuck war alles gepackt und das Zimmer sah nun nicht mehr nach ihr aus. Eher wie ein willkürliches Hotelzimmer, in welches direkt nach ihr wieder ein neuer Gast einziehen würde. Das verdeutlichte ihr noch mal, dass dieser Rückzugsort nur geliehen war. Sie war dankbar für die Zeit hier. In diesen Tagen hatte sie sehr viele wertvolle Momente erlebt und unglaublich viele Erkenntnisse gesammelt. Diese waren nicht nur geliehen. Die waren echt und würden sie mit nach Hause begleiten. Sie wusste, es warteten viele unangenehme Gespräche auf sie, sie wusste auch, dass sie ihre Komfortzone wohl erneut verlassen werden müsse. So schön und wertvoll diese gesammelten Erkenntnisse auch waren, sie waren aber auch sehr prägnant und würden zweifellos viel Veränderung nach sich ziehen. Sie würden kein weiteres Tolerieren und Wegschieben ermöglichen. Lisa musste sich schließlich ihrem Leben stellen und die nötigen Schritte tun, um wieder glücklich zu sein.

Sie verließ das Zimmer, schloss die Tür hinter sich und ging ein letztes Mal den wunderschönen, kleinen Weg zur Rezeption. Die Blumen am Wegesrand waren so bunt und prächtig, dass sie ihr immer wieder ein Lächeln auf das Gesicht zauberten. Diese Blumen waren das Erste, was nach ihrer Ankunft ihr Herz berührt hatte. Sie strich sanft über die letzte Blüte am Ende des Weges und ging die letzten paar Meter bis zur Rezeption. Wie immer wurde sie von den wundervoll gekleideten jungen Damen freundlich begrüßt. Heute trugen sie Blau. Ein prächtiger Stoff mit großen blauen Blüten. Sie erinnerte sich an ihre ersten Tage, als sie wie blind durch das Hotel gelaufen war und sich dieser schönen Eindrücke beraubt hatte. Sie war ganz gefangen gewesen in ihrem eigenen Gedankenkarussell. Die Schönheit um sie herum hatte es jedoch dann doch noch geschafft, zu ihr durchzudringen und ihr einen anderen Blick auf die Dinge zu geben.

Sie bedankte sich bei den jungen Frauen und verließ den Eingangsbereich in Richtung Straße. Lisa hatte vorab einen Fahrer bestellt, der sie zum Flughafen bringen würde. Sie freute sich auf die Fahrt. Sie hatte richtig Lust, bei Tageslicht Land und Leute noch mal zu beobachten. Sie machte es sich also auf der Rückbank bequem und ließ die Eindrücke auf sich einprasseln.

Am Flughafen angekommen, machte sie sich auf den Weg zum Check-in. Alles verlief wie gewohnt. In der Flughafen-Hektik war jedoch auch nichts mehr von den wundervollen Blüten, farbenprächtigen Stoffen, der warmen Luft und dem schönen Meer zu spüren. All das, was ihr die letzten Tage so viel Kraft gegeben hatte, lag nun hinter diesen Türen. Als sie diese Trennung spürte, stieg Panik in ihr auf. Es wurde ihr heiß und fühlte sich an, als bekäme sie nicht genügend Luft. Sie fasste sich an ihren Kragen und versuchte tief durchzuatmen. Sie atmete ganz bewusst, wie sie es damals gelernt hatte und wie es ihr schon mal in diesen Tagen geholfen hatte. Es vergingen ein paar Minuten, bis sie sich wieder unter Kontrolle hatte. Sie war sich nicht sicher, ob sie schon bereit war. Aber was hatte sie für eine Wahl?

Nach dem Security Check machte sie sich auf den Weg zu ihrem Gate. Sie ging noch in einen Laden und kaufte eine Flasche Wasser und ein paar Zitronen-Bonbons, die sie als Kind immer geliebt hatte. Sie setzte sich auf eine Bank und öffnete die Packung, nahm eins heraus und entzwirbelte die Enden. Es fühlte sich an wie früher, wenn sie nach der Schule zu ihrer Oma gegangen war und diese ihr erst mal ein Bonbon in die Hand gedrückt hatte. Sie hatte sich dann immer auf die Küchenbank gesetzt und ihrer Oma beim Kochen zugesehen. Dort, auf dieser Küchenbank in der Küche ihrer Oma, war immer alles in Ordnung gewesen. Eine schöne Erinnerung.

Der Flug hatte Verspätung. Anfänglich sollte es nur eine Stunde sein, allerdings zog und zog es sich. Fortlaufend kamen neue Meldungen und sie war sich nicht sicher, ob sie ihren Anschlussflug von Bangkok nach München noch schaffen würde. Und da war sie wieder. Die Panik. Sie besann sich erneut auf ihre Atmung. Es würde schon alles gut werden.

Der Flug verlief unspektakulär, die Landung war jedoch zu spät. Um ein paar Minuten hatte sie ihren Anschluss verpasst. Nun hatte sie keine Eile mehr, der Karren war schon im Dreck, wie ihre Oma immer sagte. Sie stand in der großen Halle des Flughafens und schaute sich um. Sie beobachtete die Menschen und war, wenn sie ganz ehrlich zu sich selbst war, eigentlich erleichtert, noch nicht im Flieger nach München zu sitzen.

Sie machte sich dennoch auf den Weg zum Schalter ihrer Airline und stellte sich in die Schlange. Sie war wohl nicht die Einzige, die von der Verspätung betroffen war. Einige der Passagiere waren sichtlich verärgert. Sie wollten unbedingt nach München. Lisa nicht. Wirklich nicht. Als sie an der Reihe war und die Dame am Schalter fragte, wie sie ihr helfen könne, sagte Lisa: »Ich möchte nach London.« Wow, wo kam das denn nun her? War sie wirklich so mutig und würde einfach zu Luca fliegen?

Sie hatte Glück, oder vielleicht sollte es auch einfach so sein! Zwei Stunden später saß sie in der Maschine nach London.

8. Cambridge

 Nun saß sie für einige Stunden im Flieger. Sie war geplagt von ihrer eigenen Courage und war sich nicht mehr sicher, ob die Idee so gut war. Wieso hatte sie gedacht, sie könnte einfach so bei Luca reinschneien. Als wären sie alte Bekannte. Sie hatten sich nur einen Abend lang gesehen und Lisa war an diesem Abend wirklich in keiner guten Verfassung gewesen. Aber dennoch hatte sie von Anfang an eine Verbindung gespürt. Etwas, das tief genug ging, dass es sogar in ihrem Zustand bis zu ihr durchgedrungen war. Er hatte sie fasziniert, die Weisheit und Ruhe, die er ausstrahlte, waren besonders. Kurz vor Abflug hatte sie ihm eine Nachricht geschrieben:

Lieber Luca,

Ich habe meinen Flug nach München verpasst, und statt einen Ersatzflug zu buchen, bin ich einem Impuls gefolgt und habe eine Maschine nach London gebucht. Wenn Du das liest, werde ich bereits auf dem Weg sein.
Meine Maschine landet um 11.45 Uhr in Heathrow, Terminal 2. Wenn Du Lust hast, mich zu treffen, weißt Du, wo Du mich findest.

Alles Liebe,
Lisa

Nun aber kamen ihr auf dem langen Flug Zweifel. Es war doch ganz schön forsch, einfach davon auszugehen, dass er sie sehen wollte und auch noch für sie zum Flughafen kommen würde.

Sie kam nicht wirklich zur Ruhe und zappte durch das Film-angebot. Die meisten Filme hatte sie entweder bereits gesehen oder ihr fehlte einfach das Interesse. Bei den Serien blieb sie aber hängen. Etwas seichte Unterhaltung würde ihr guttun. Sie startete eine alte Folge »Friends«, welche sie bereits gesehen hatte. Normalerweise schlief sie mit etwas Berieselung gut ein. Sie tat dieses Mal jedoch kein Auge zu, drehte sich von rechts nach links und versuchte immer wieder, eine bequeme Position zu finden, aber irgendwie gelang es ihr nicht. Sie hatte das Ge-fühl, nicht mehr still sitzen zu können. Ihr Po tat ihr vom Sit-zen weh und die Beine fühlten sich starr an. Als das Frühstück serviert wurde, erwachten die anderen Passagiere auch lang-sam wieder zum Leben und ihr Unwohlsein wurde durch das wiedererwachte Leben in der Maschine etwas übertüncht. Lisa hatte nicht besonders viel Appetit. Sie stocherte ein wenig in dem Rührei herum, trank ein paar Schluck Kaffee und steckte die Semmel für später ein. Sie wollte die Gelegenheit, wenn die anderen Passagiere aßen, nutzen, um sich auf der Toilette kurz etwas frisch zu machen. Schließlich bestand die Möglichkeit, dass sie gleich Luca sehen würde, auch wenn sie es eigentlich nicht für sehr wahrscheinlich hielt.

Luca saß zu Hause beim Frühstück an dem kleinen Tisch in sei-ner Küche. Es war Donnerstag und er hatte heute einige Vorle-sungen an der Uni. Er nahm einen Schluck Kaffee und griff nach seinem Handy, um einen kurzen Überblick über seine E-Mails zu bekommen. Lisa hatte ihm geschrieben. Er freute sich. Aus irgendeinem Grund hatte er Lisa in sein Herz geschlossen. An dem Abend, als sie sich im »Dragon Boat« gesehen hatten, war sie ziemlich durcheinander gewesen. Sie hatte eine Verletzung im Gesicht und Luca zählte eins und eins zusammen. Er wuss-te zwar nicht genau, wovor sie geflohen war, aber er war sich sicher, dass es gut war, dass sie diesen Schritt gegangen war.

Er las ihre Nachricht. Puhhh, er nahm noch einen Schluck Kaffee, ließ sich in seinem Stuhl zurückfallen und schaute aus dem Fenster. Damit hatte er jedoch nicht gerechnet!

Die Maschine war kurz vor der Landung und Lisa machte sich Gedanken, wie Luca wohl reagiert hatte und ob sie überhaupt etwas von ihm hören würde. Sie klappte den kleinen Tisch vor sich hoch und stellte ihre Rückenlehne gerade. Nun, wo die Landung unmittelbar bevorstand, war ihr wirklich mulmig. Am liebsten hätte sie die Maschine umgekehrt und wäre in der Zeit zurückgereist. Was hatte sie sich nur dabei gedacht?

Das Flugzeug berührte den Boden und rollte aus. Sie nahm ihr Handy, atmete noch mal tief durch und schaltete es an. Ihr Handy fand nicht gleich ein Netz und die Minuten kamen ihr vor wie eine Ewigkeit. Sie aktualisierte und aktualisierte, bis endlich die Nachrichten durchkamen. Eine von Nancy, die sich nach ihrem Wohlbefinden erkundigte, eine von ihrer Mutter und auch eine E-Mail von Luca. Sie ignorierte die ersten beiden und öffnete die Nachricht von Luca.

Liebe Lisa,

Es freut mich, von dir zu lesen!
Ich habe heute Vormittag Vorlesung, deshalb kann ich leider nicht zum Flughafen kommen, ich sende Dir unten jedoch einen Link zu einer Zugverbindung nach Cambridge und meine Handynummer.
Lass mich wissen, wann Du am Bahnhof ankommst, und ich werde Dich abholen.
Ich freue mich auf Dich!

Grüße,
Luca

Sie würde ihn also wirklich treffen. Wow! Irgendwie hatte alles möglich geschienen, solange sie in Thailand war, aber nun fühlte es sich wieder mehr an wie die Realität. Ihre Aktion kam ihr jetzt etwas übertrieben vor und sie war sich sicher, dass Luca eigentlich nicht der Typ für spontane Besuche war. Es war ihr etwas peinlich, aber sie freute sich auch, ihn zu sehen. Sie stieg aus dem Flugzeug aus und ging zum Gepäckband. Als sie ihre kleine Ledertasche hatte, machte sie sich auf den Weg in Richtung Exit. Im Außenbereich ging sie in einen kleinen Laden und kaufte ein paar Süßigkeiten für Luca. Sie wollte zwar nicht mit leeren Händen ankommen, allerdings war sie sich auch nicht wirklich sicher, ob das ein passendes Mitbringsel war. Na ja, es fühlte sich wohl gerade nichts so richtig passend an. Sie war so nervös. Im Toilettenraum machte sie sich noch etwas frisch und zog ein gewaschenes T-Shirt aus der Reisetasche. Glücklicherweise hatte sie in Thailand noch ihre gesamte Wäsche waschen lassen. Eher weil sie keine Lust hatte, zu Hause zu waschen und dieser Service dort sehr günstig angeboten wurde. Aber nun erwies es sich als noch nützlicher als gedacht. Als sie so weit war, setzte sie sich auf eine Bank im Wartebereich und buchte ein Ticket über Lucas Link. Der Zug fuhr um 13.10 Uhr. Das war perfekt. Irgendwie gestaltete sich der Weg einfach, als sollte es so sein. Auf dem Weg zum Zug nahm sie sich bei einem kleinen Bistro noch ein Hühnchen-Sandwich mit. Sie hatte bisher nicht viel gegessen, außer die paar Gabeln Rührei im Flieger. Und das lag nun auch schon wieder einige Stunden zurück. Bis sie am richtigen Bahnsteig war, dauerte es ein wenig. Der Flughafen war größer, als sie es von anderen Flughäfen kannte, aber sie fand sich zurecht. Als sie endlich im richtigen Zug saß, machte sie es sich bequem, schrieb Luca eine Whatsapp mit der Information, wann sie ankommen würde, und freute sich nun einfach nur, aus dem Fenster zu sehen und die Gegend zu erkunden.

Der Zug fuhr pünktlich um 15.30 Uhr in Cambridge ein. Luca wartete bereits seit 20 Minuten am Bahnsteig 2. Er war aufgeregt. Er wusste nicht, wie es war, sich fern von dem befreienden Urlaubsgefühl in Thailand zu sehen. Ferner wusste er nicht, warum sie zu ihm gekommen war. Sich annähernde Frauen lösten bei ihm sofort Fluchtinstinkte aus, aber Lisa hatte es verdient, dass er nicht gleich dichtmachte. Sie war extra angereist und für sie bedeutete das Ganze bestimmt auch das Verlassen ihrer Komfortzone. Er respektierte das, auch wenn es ihm etwas schwerfiel, sich einfach auf ihr Wiedersehen zu freuen. Er war verkrampft. Er hielt für Lisa einen Becher Kaffee in der Hand, auch wenn dieser vermutlich bereits kalt war. Es war nun bereits Dezember und die Luft war feucht und kalt. Er war dick eingepackt, trug einen knielangen Wollmantel und einen dicken Schal. Die Mütze hatte er abgesetzt. Er hatte Angst, sie würde ihn sonst nicht erkennen. Als sie sich das letzte Mal gesehen hatten, hatte er nur Badeshorts und ein verwaschenes Surfer-T-Shirt getragen. Das war so ziemlich das Gegenteil von heute. Aber so wie heute, das war wirklich er.

Die Bremsen des Zuges quietschten, als er im Bahnhof zum Stillstand kam. Lisa stand bereits an der Tür und beobachtete den Bahnsteig. Es war nicht allzu viel los. Sie hielt nach ihm Ausschau. Da erblickte sie einen gut aussehenden Mann in einem dunklen Mantel. War das Luca? Sie hatte ihn ganz anders in Erinnerung. »Oh mein Gott.« Panik stieg in ihr auf und ihre Knie zitterten. Ihre Hände waren etwas schwitzig und sie streifte sie an ihrer Jacke ab. In der Nacht nach dem Vorfall mit Tom war sie zuhause nur schnell aus ihrem roten Kleid gestiegen und hatte sich das Erstbeste übergeworfen, das ihr in die Hände gefallen war. Dazu zählte auch diese alte Baseballjacke, die sie jetzt anhatte. Immerhin aber saßen ihre Jeans gut. Nun war es eh zu spät. Sie öffnete die Tür und stieg aus dem Waggon.

Die Tür des Zugs öffnete sich und eine junge Frau mit offenen, langen, blonden Haaren und einer grün-beigen Baseballjacke stieg aus. Das war absolut keine adäquate Bekleidung für diese Jahreszeit, das musste Lisa sein. Sein Herz machte einen Sprung. Er grinste und ging auf sie zu. Er erkannte bereits von Weitem, dass ihr Gesicht gut verheilt war. Ihre Haut hatte einen schönen, gebräunten Farbton und sie sah verändert aus. Thailand hatte ihr gutgetan.

Sie sah, wie er lächelte, und das gab ihr Zuversicht. Sie ging auf ihn zu und breitete die Arme aus. Sie wollte ihn umarmen. Er war in den letzten Tagen der einzige Mensch gewesen, den sie an sich herangelassen hatte, und er hatte ihr viel Kraft gegeben. Es fühlte sich gut an, warm, fest und bestimmt. Er roch unglaublich gut, war sehr gepflegt und machte einen wirklich adretten Eindruck. Sie war hin und weg. Sie löste sich aus seiner Umarmung, auch wenn sie es nicht gerne tat, und sah nach oben in seine Augen. Er war ein ganzes Stück größer als sie. Das war ihr gar nicht aufgefallen, als sie sich in Thailand gesehen hatten. »Hallo Luca, wie schön Dich zu sehen. Bitte entschuldige den Überfall, ich hoffe, es ist ok für Dich.« »Lisa, hallo. Ich freue mich, Dich zu sehen. Dir muss doch kalt sein. Schau mal, ich habe Dir einen Kaffee mitgebracht, und nimm bitte meinen Schal!« Oh, ein warmer Kaffee war genau das Richtige. Sie nahm einen Schluck. Er war kalt. Wie lang hatte er wohl hier gestanden? Er bemerkte sofort, dass etwas nicht stimmte: »Er ist kalt, oder? Ich wollte Dich nicht warten lassen. Entschuldige bitte. Ich bringe Dich ins Warme.« Sie wickelte sich dankbar in seinen Cashmere-Schal und folgte ihm.

Er hatte für sie ein Zimmer in einem kleinen Hotel namens »Susanns« in der Nähe seiner Wohnung gebucht. Es war ein typisch englisches Hotel. Die Räume waren sehr klein, aber wunderschön gemütlich dekoriert. Sie liebte den Charme alter Gebäude. Der Eingangsbereich war bereits weihnachtlich geschmückt und die Heizung in ihrem Zimmer lief auf Hochtouren. Luca hatte sie freundlicherweise erst mal ins Hotel gebracht. Die lange Reise hatte ihr ganz schön zugesetzt und sie freute sich darauf, eine ausgiebige Dusche zu nehmen und sich dann zumindest für einen kurzen Moment auf dem Bett langzumachen. Sie hatten sich für 18.00 Uhr verabredet, zu einem kleinen Italiener in der Nähe zu gehen. Er würde sie abholen und sie konnte es eigentlich gar nicht erwarten, wieder in seiner Nähe zu sein. Sie schmunzelte bei dem Gedanken. Wie konnte sich das Leben in nur ein paar Tagen so verändern? Jetzt war sie auf einmal in Cambridge und flirtete mit einem gut aussehenden Professor. Unfassbar. Es prickelte. Das war schon eher die Vorstellung vom Erwachsenenleben, die sie immer gehabt hatte.

Nachdem er sie im Hotel abgeliefert hatte, fuhr er kurz zu sich nach Hause, um sich frisch zu machen, etwas anderes anzuziehen und das Auto abzustellen. Das Hotel war in Laufweite und zur Vorweihnachtszeit war der kleine Spaziergang durch die Straßen herrlich. Er freute sich auf den Abend. Sie war anziehend.

Gerade als es 18.00 Uhr wurde, schlüpfte Lisa in ihre Jacke, nahm Lucas Schal und ging beschwingt die Treppe hinunter. Er wartete bereits und lächelte ihr entgegen. Er freute sich auch, sie spürte es. Das war ein gutes Gefühl. Sie umarmte ihn kurz und ging voran aus dem Hotel. Die Straße war wunderschön. Es war ihr schon zuvor aufgefallen, dass die Straße von vielen tollen Altbauten gesäumt war, doch jetzt in der Dunkelheit leuchteten Hunderte Lichter an Laternen und Gebäuden. Es war bezaubernd. Gerade war sie noch am Strand und nun hier in diesem Weihnachtswunder.

Sie schlenderten die Straße entlang und unterhielten sich. Es war einfach. Es gab keine Pausen, nicht die Frage, über was man reden könnte. Es passierte einfach. Das Restaurant war nicht weit entfernt. Es war klein, hatte rotweiß karierte Tischdecken und überall standen kleine Kerzen auf den Tischen. Es machte einen eher gehobenen, jedoch sehr gemütlichen Eindruck. Mittlerweile hatte sie richtig Hunger. Luca hatte reserviert und sie bekamen einen wunderbaren Platz am Fenster. Der Kellner brachte eine Tafel, auf der handschriftlich die heutige Karte geschrieben war. Lisa entschied sich für Tagliatelle mit Scampi und Luca bestellte einfache Spaghetti Pomodori und eine teure Flasche Rotwein. Er schien sehr vertraut mit dem Personal. Vermutlich war er öfter hier.

»Lisa, warum bist Du hergekommen?« Mit dieser Frage hatte sie nicht gerechnet. Zumindest nicht so direkt. Was sollte sie sagen? Sollte sie genauso direkt antworten? Selbst wenn, wüsste sie nicht mal genau, was sie sagen sollte. Irgendwie war sie nicht bereit, nach München zurückzukehren. Ihr war kein anderer Zufluchtsort eingefallen und irgendwie fand sie Luca auch faszinierend. Aber das hatte sie eigentlich erst so richtig hier in Cambridge gemerkt. Was also war die richtige Antwort? Er sah ihr an, dass sie mit sich selbst rang. »Weißt Du, es war ein nicht sehr durchdachter Impuls. Ich stand an dem Schalter und sollte meinen Ersatzflug nach München buchen und auf einmal kam aus mir heraus, dass ich nach London möchte. Dann habe ich es einfach gemacht. Das ist normalerweise nicht meine Art und ich bin auf dem Weg hierher auch tausend Tode gestorben. Aber jetzt bin ich froh, hier zu sein.« Er war glücklich über diese Antwort. Es war ehrlich und das war ihm wichtig. »Ich bin auch froh, dass Du da bist.« Er konnte sich nicht erinnern, wann er so etwas mal zu einer Frau gesagt hatte. Er fühlte sich wohl mit ihr. Sie berührte ihn in seinem Inneren. Er nahm ihre Hand, die neben ihrem Teller auf dem Tisch lag, und drückte sie. Er hielt sie länger fest, als es bei einer bloßen Freundschaft angebracht wäre. Lisas ganzer Körper kribbelte. Diese Berührung fühlte sich an wie pures Glück. Sie war berührt, aber auch aufgeregt und verlegen. Sie sah ihm in die Augen. Am liebsten wäre sie über ihn hergefallen, um die Spannung zwischen ihnen aufzulösen, aber das war hier im Restaurant wohl nicht die Lösung. Sie atmete tief durch und beschloss, dieses Kribbeln, diese Spannung auszuhalten und bewusst zu fühlen. Es war aufregend. Genau so sollte es sich anfühlen, wenn man jemanden kennenlernte. Genau so hatte sie sich das als Kind immer vorgestellt. Es war ganz anders als mit Tom damals. Mit Tom war es ein Spiel. Es reizte sie, das Unbezwingbare zu bezwingen. Den wilden Frauenhelden zu zähmen. Hier aber mit Luca ging es um etwas ganz anderes. Sie hatte ein warmes Gefühl in ihrem Inneren. Eine Art Anziehung, gegen die sie gar nichts tun konnte. Auch nicht wollte. Es hüllte sie völlig ein. Sie sah in seinen Augen, dass es ihm genauso ging. Er sah jetzt viel weicher aus.

Er nahm seine Hand zurück, um weiter zu essen. Die Nudeln schmeckten hervorragend. Auf ihrem langen Flug hatte sie sich von einem dürftigen Snack zum anderen gehangelt, da kam diese volle, warme Portion Nudeln genau recht. Sie hatte das Glas

Rotwein noch nicht angerührt. Luca nahm sein Glas, schwenkte es, roch zufrieden daran und nahm den ersten Schluck. Er deutete Lisa an, es ihm gleichzutun. Sie war keine Weinkennerin und auch in ihrem Umfeld wurde der Wein eher im Supermarkt gekauft. Sie wollte es sich aber nicht anmerken lassen und nahm das Glas, ließ den Wein kreisen und nahm eine Nase des Bouquets. Er roch fantastisch nach Früchten, Sonne und dem Fass, in dem er gelagert war. Sie war nun neugierig auf den Geschmack geworden. So hatte sie Wein noch nie wahrgenommen. Sie nahm einen kleinen Schluck und bewegte den Wein in ihrem Mund. Er war köstlich. Samtig, besonders und sie schmeckte etwas Beere darin. »Lecker«, sagte sie. Er grinste sie an. Er hatte sie beobachtet und genau erkannt, dass es für sie eine neue Erfahrung war. Aber genau das gefiel ihm. Sie war offen, das Leben zu erfahren, und das begeisterte ihn. Es hatte ihn erwischt.

Er hatte es nicht kommen sehen, als er Lisa in Thailand das erste Mal gesehen hatte. Er hatte ihr damals diesen Zettel hinterlassen. Irgendwie hatte er das Gefühl, das tun zu wollen, und sie war auf ganz ähnliche Art hier zu ihm nach Cambridge gekommen. Vielleicht war es Schicksal, wie man so schön sagte. Eigentlich glaubte er daran nicht. Aber es lag eine Anziehungskraft zwischen ihnen, die sie beide dazu veranlasste, Dinge zu tun, die sie normalerweise nicht tun würden.

Er brachte sie zurück ins Hotel. Als sie vor dem Hotel angekommen waren, wollte er sie loslassen. Sie hatte seine Hand genommen, als sie das Restaurant verlassen hatten. Er öffnete seine Hand und ihre glitt heraus. Es tat fast weh, sie nicht zu berühren. Er sah ihr in die Augen und konnte nicht anders, als sie zu küssen. Ihre Lippen berührten sich und er fühlte sie ganz warm und sanft. Es war intensiv. Er konnte dieses starke Gefühl in ihm fast nicht aushalten. Es kostete ihn all seine Kraft, nicht zu versuchen, es loszuwerden. Davonzulaufen oder mit ihr nach oben zu gehen. Einfach in diesem Moment zu bleiben und es auszuhalten. Er wollte es nicht kaputt machen, deshalb riss er sich zusammen.

Als er sie küsste, versank Lisa in diesem Gefühl. Ihre Knie waren weich und es fühlte sich an, als hätte jeglicher Widerstand ihren Körper verlassen. Sie war in diesem Moment nur bei ihm. Sie war angekommen.

Er hatte sie verabschiedet und gewartet, bis sie im Hotel war. Erst dann hatte er sich auf den Weg gemacht. Sie nahm ihre Zimmerkarte, schloss die Tür auf, warf ihre Jacke über den Stuhl und ließ sich auf ihr Bett fallen. Sie starrte an die Zimmerdecke und merkte, wie ihr die Tränen seitlich über die Schläfen rannen. Warum weinte sie? Irgendwie hatte sie diese tiefe Emotion komplett überwältigt. Auf der einen Seite fühlte sie Dankbarkeit, ganz tiefe Dankbarkeit, und auf der anderen Seite dachte sie daran, wie sie die ganze Zeit behandelt worden war. Wie falsch das alles war und wie lange sie sich das selbst zugemutet hatte. Es war, als würden diese tiefe Erfahrung und Emotionen diese alten Wunden ausspülen und heilen.

Der gemeinsame Tag

Lisa hatte noch lange auf ihrem Bett gelegen und ihren Gedanken nachgehangen. Irgendwann war sie aber eingeschlafen und in einen Tiefschlaf gefallen. Als sie am Morgen die Augen öffnete, merkte sie, wie gut ihr das getan hatte. Sie lächelte, sie war glücklich.

Sie hatten sich für später am Tag verabredet. Luca hatte am Vormittag noch Vorlesungen und zu Mittag eine Besprechung. Lisa wollte Luca dann später an der Uni treffen. Sie sah sich im Zimmer um und ihr Blick fiel auf ihre Tasche. Sie hatte keine Lust mehr, aus ihrer sporadischen Tasche zu leben. Sie hatte sich seit nun über eineinhalb Wochen keine ausführliche Körperpflege gegönnt und normalerweise liebte sie das. Sie beschloss also, loszugehen und eine Drogerie zu suchen. Sie wollte das erste Mal, seit Tom sie verletzt hatte, wieder schön sein.

Lisa schlüpfte in ihre Jeans und einen Pullover, band ihre Haare zu einem Knoten zusammen und eilte aus ihrem Hotelzimmer. Sie hatte richtig Lust, sich etwas Gutes zu tun. Sie ging die Straße hinunter und fand eine Einkaufspassage mit verschiedenen Geschäften. Das war genau das Richtige. Sie startete ihren Einkauf in einer Art Supermarkt und besorgte sich eine Gesichtsmaske mit Aloe vera und Gurke, Haarpflege und einen Nagellack in zartem Rosa. Die Sonne und das Meer hatten Spuren hinterlassen. Mit diesem Einkauf war sie schon mal sehr zufrieden. Sie schlenderte weiter und hielt vor einem Laden mit moderner, aber hochwertiger Kleidung inne. Im Schaufenster trugen die Figuren farbige Cashmere-Pullover und edle Mäntel. Das sah toll aus. Sie zögerte, schließlich hatte sie die letzten Tage schon sehr viel Geld ausgegeben. Sie beschloss dennoch, in den Laden zu gehen und die Kleider einfach mal anzuprobieren. Die dicken Pullover in Wolle oder Cashmere strahlten in auffälligen Farben. Einer von ihnen gefiel Lisa besonders. Er war leuchtend pink und beige gestreift. Die sehr breiten Streifen leuchteten förmlich und das Material war extrem kuschelig. Sie beschloss, ihn zu probieren. Auf dem Weg zur Umkleidekabine sah sie einen beigen Wollmantel mit einem losen Gürtel zum Binden. Der passte perfekt dazu. Sie probierte den Pullover an, hing sich den Mantel über die Schultern und betrachtete sich im Spiegel. Das war eine neue Lisa. Eine Lisa, die sich verändert hatte. Sie war stärker und selbstbewusster. Ihr gefiel, was sie sah. Sie nahm das Outfit. Es war perfekt!

Auf dem Weg zurück kaufte sie sich noch eine Flasche Wasser und einen Smoothie mit Waldbeeren. Es war Zeit, sich wieder auf Vordermann zu bringen. Als sie im Hotel ankam, freute sie sich auf etwas Beauty-Time. Sie nahm eine ausgiebige Dusche und pflegte ihre Haare mit einer Maske. Anschließend brachte sie ihre Augenbrauen in Form, legte die Gesichtsmaske auf und machte sich an ihre Fingernägel. Sie feilte sie in Form und legte den dezenten Nagellack auf. Dann schmiss sie sich auf ihr Bett, streckte ihre Finger aus und ließ den Lack trocknen. Währenddessen folgte sie ihren Gedanken. Sie freute sich schon auf Luca.

Es war lange her, dass sie sich bewusst um sich selbst gekümmert hatte. Die letzten Monate hatte sie in einem Nebel von Kritik und Demütigung gelebt. Sie hatte stark an sich selbst gezweifelt und war in ein Muster verfallen, in dem sie immer mehr an sich selbst rumgenörgelt hatte. Völlig zu Unrecht. Sie konnte nun sehr klar erkennen, dass Tom im wahrsten Sinne toxisch für sie war. Warum nur hatte sie das so lange mitgemacht?

Der Nagellack war nun trocken und es war Zeit, die Maske abzunehmen. Sie wusch sich ihr Gesicht ab und cremte sich dann ausgiebig von Kopf bis Fuß ein. Jetzt fühlte sie sich wieder gut. Sie kramte in ihrer Tasche nach ihren dunklen Jeans und schöner Unterwäsche, schlüpfte hinein und entfernte dann noch rasch die Etiketten der neuen Errungenschaften. Der Pulli passte perfekt zur Hose. Sie fühlte sich gut in ihrem Outfit. Sie wollte neben Luca, dem stattlichen Professor, nicht aussehen wie ein Teenager mit ihrer Baseballjacke. So war es aber gut. Sie föhnte ihre Haare in Form, legte ein leichtes Make-up auf und machte sich auf den Weg.

Er hatte ihr die Route genau notiert, dennoch war sie sich nicht ganz sicher, wie sie gehen musste. Sie fragte einen Passanten, doch der konnte ihr leider auch nicht weiterhelfen. Deswegen entschloss sie sich, ein Taxi zu nehmen. Der Fahrer ließ sie vor dem Hauptgebäude aussteigen. Lisa öffnete die Tür und stieg ehrfürchtig aus dem Wagen. Das Gebäude war imposant und wunderschön. Sie entdeckte Luca, der ihr bereits entgegenkam. Ihr Herz machte einen Satz. Es war alles so unwirklich. Sie in England, dieses wundervolle Gebäude, Luca, es war alles wie in einem Traum.

Sie hatte die Tür des Taxis bereits geschlossen und der Fahrer machte sich auf den Weg zu seinem nächsten Gast. Sie wandte sich Luca zu, der nur noch ein paar Meter entfernt war. Seine Augen strahlten. Sie sah ihm an, dass er sich auch freute, sie zu sehen. Er nahm ihren Kopf in seine Hände und küsste sie leidenschaftlich.

Er hatte sich bereits den ganzen Tag auf Lisa gefreut. Wie ein kleines Kind an Weihnachten, das nicht erwarten kann, Geschenke zu bekommen. Normalerweise gehörten die Vorlesungen zu seinen Highlights am Tag. Er liebte die Interaktion mit seinen Studenten, doch heute konnte sie nicht schnell genug vorübergehen. Er sah Lisa aus der Entfernung, wie sie aus einem Taxi stieg. Sie war wunderschön gekleidet und sah frisch aus. Sie taten sich gut. Auch er war gut gelaunt aufgewacht und hatte sich auf den Tag gefreut. Er hatte immer gedacht, der wirkliche Inhalt seines Lebens wären die Philosophie und das Lehren. Das war immer das gewesen, was Bedeutung hatte, auch warum sich sein Leben stets erfüllt angefühlt hatte. Die Verbindung mit Lisa bediente aber noch mal ganz andere Punkte. Es war, als hätte er bisher nur achtzig Prozent der Farben gesehen und nun würde er das komplette Farbspektrum sehen. Er konnte es ganz schwer beschreiben. Aber es hatte Tiefe und eine neue Dimension. Es war in seinem ganzen Körper und sein Kopf, der sonst stets eine gewisse Übermacht hatte, musste sich dieser Kraft beugen. Er ging auf sie zu und wollte sie endlich berühren. Er hatte sie vermisst.

Als der Kuss endete, sah Lisa in seine Augen, lächelte und sagte: »Hallo.« Luca sah sie an und musste über sein eigenes Verhalten lachen. Er hatte so überstürzt gehandelt. Lisa hatte sich nicht daran gestört, ganz im Gegenteil. Sie mochte diese bestimmte Art an ihm. Es war männlich und gab ihr ein starkes Gefühl von Geborgenheit und Sicherheit. Sie hatte Hunger. Außer ihrem Smoothie heute Morgen hatte sie noch nicht wirklich viel zu sich genommen. »Wollen wir was essen gehen?«, fragte sie. »Wie wäre es, wenn wir Dir einen Kaffee und eine Zimtschnecke besorgen und dann zeige ich Dir den Campus?« »Das hört sich toll an«, antwortete Lisa und freute sich darüber, dass Luca ihr einen Teil seines Lebens zeigen wollte. Sie hatte nicht erwartet, dass er so offen damit umgehen würde. Sie schlenderten über den Campus und Luca teilte eine Menge Geschichten. Er war sehr bekannt auf dem Campus. Fortwährend wurde er von Studenten begrüßt. Sie schienen ihn zu mögen. Wie auch nicht? Die Zimtschnecke war köstlich und der warme Kaffee eine Wohltat. Es gefiel ihr, an der Seite von Luca die Welt zu entdecken. Er gab sich solche Mühe und er machte überhaupt keine Anstalten, Lisa zu verstecken. Er nahm immer wieder ihre Hand, berührte oder küsste sie, wann immer ihm danach war. Das waren wohl die italienischen Wurzeln. Lisa schmunzelte in ihrem Inneren bei diesem Gedanken. Sie fühlte sich begehrenswert.

Anders als damals bei Tom waren es nicht die Worte, die Komplimente, die sich kurz gut anfühlten, dann aber verglühten. Es war sein gesamtes Verhalten, das sie spüren ließ, dass er sie wirklich mochte und gerne Zeit mit ihr verbrachte. Das war etwas komplett anderes.

Seit den Hänseleien in der Schule damals war sie von Selbstzweifeln zerfressen gewesen, aber der Vorfall mit Tom und die Zeit in Thailand hatten sie vieles abstreifen lassen. Das stetige »gefallen wollen und nach Bestätigung suchen« war in den Hintergrund gerückt. Der Schmerz war so groß gewesen, dass sie keine Kraft und auch keinen Willen mehr gehabt hatte, die Fassade aufrechtzuerhalten. Sie hatte sie fallen lassen und genau das hatte sie befreit.

»Lisa, bitte lass mich wissen, wenn ich Dich mit meinen Geschichten langweile.« Sie hätte ihm ewig zuhören können. Er war wirklich in seinem Element, das konnte man sehen. Es inspirierte sie, zeigte ihr aber auch, dass sie diese Erfüllung noch nicht gefunden hatte. Ganz im Gegenteil. Sie hatte eine riesige Baustelle zu Hause. Lisa hatte keine Ahnung, wie der Stand mit Tom war, nach dem Wochenende wartete ihre Arbeit auf sie und die Realität würde sie schlussendlich einholen. Ihre zwei Wochen liefen langsam ab. Das spürte sie in diesem Moment und ihre Stimmung brach ganz plötzlich ein. In ihr stiegen Traurigkeit und Unsicherheit auf.

Luca sah Lisa an. Der Ausdruck in ihrem Gesicht hatte sich verändert. Das Strahlen war einem sorgenvollen Gesicht gewichen. Irgendetwas bedrückte sie. »Lisa, was ist los?« Ihr Blick wanderte zur Seite. Er merkte, es war ihr unangenehm. »Komm Lisa, wir gehen irgendwohin, wo es ruhiger ist, und Du erzählst mir in Ruhe, was in dir vorgeht.« Lisa nickte. Er nahm ihre Hand und sie liefen nebeneinanderher. Er brachte sie in ein kleines Restaurant unweit des Campus. Es war bereits Nachmittag geworden und das Restaurant war ziemlich leer. Ein paar junge Studentinnen saßen im hinteren Bereich und unterhielten sich angeregt. Sie nahmen sich einen kleinen Tisch im vorderen Teil. »Wollen wir vielleicht erst mal einen Tee trinken?« Lisa nickte. »Schau mich an, was ist los?« Sie hielt kurz inne, fing dann jedoch an zu sprechen: »Ich bin mir nicht sicher, ob ich es richtig ausdrücken kann. Ich möchte am liebsten nicht mehr weggehen. Es fühlt sich wunderbar hier mit Dir an. Aber ich weiß auch, dass ich noch einen weiten Weg habe, bis ich die gleiche Leidenschaft in meinem Leben gefunden habe, die Du tagtäglich lebst. Verstehe mich nicht falsch, ich freue mich sehr für Dich, es ist inspirierend, das zu sehen, aber ich muss den Weg erst noch gehen. Mein Leben zu Hause liegt in Schutt und Asche. Ich muss erst mal aufräumen.« Der Kellner brachte den Tee an den Tisch, stellte jedem eine Tasse hin, schenkte den schwarzen Tee ein und reichte ein Kännchen Milch dazu. »Lisa, ich freue mich zu hören, dass Du Dir vorgenommen hast, dich auf den Weg zu machen und deine Passion für etwas zu entdecken. Dass das seine Zeit dauert und dass es nicht immer einfach ist, ist mir vollkommen bewusst. Ich würde mich freuen, wenn ich auf irgendeine Weise an diesem Weg teilhaben kann.« »In München gibt es einen Mann. Ich war oder bin seit drei Jahren mit ihm zusammen. Die Beziehung hat sich über längere Zeit verschlechtert. Er hat mir einiges verheimlicht und mich gedemütigt, bis ich an mir selbst gezweifelt habe. Am Abend, als ich überstürzt nach Thailand abgehauen bin, ist es eskaliert und er hat mich geschlagen und getreten ... Wow, das habe ich noch nie laut ausgesprochen. Ich werde mich von ihm trennen, sobald ich zurück bin. Und dann wird es in kleinen Schritten weitergehen. Ich möchte das Leben neu erfahren, mich intellektuell austauschen, und ich würde mich sehr freuen, das mit Dir zu machen.«. Er sah sie an und küsste sie. Er bewunderte die Entschlossenheit, die sie ausstrahlte, wenn sie über ihre nächsten Schritte sprach. Er war stolz auf sie, aber er empfand auch Schmerz bei dem Gedanken, dass ihr jemand Gewalt angetan hatte. Es fiel ihm schwer, sie zurückreisen zu lassen und sich dem alleine auszusetzen. Aber er wusste, das war Teil ihres Weges. Er würde sie gehen lassen und hoffen, dass sie bald wieder zurückkam.

Ende

»Hummingbird«
In der spirituellen Lehre der Krafttiere steht der Kolibri für
die Suche nach Glück, Wahrhaftigkeit und Liebe.

Kunst von

MANDRA
Art.there for you
www.art-of-mandra.de

Artist Duet:
Martina Joachim & Andrea König-Effenberger

Danke
fürs Lesen!

EIN HERZ FÜR AUTOREN A HEART FOR AUTHORS À L'ÉCOUTE DES AUTEURS MIA ΚΑΡΔΙΑ ΓΙΑ ΣΥΓΓΡΑ
ΤΑ FÖR FÖRFATTARE UN CORAZÓN POR LOS AUTORES YAZARLARIMIZA GÖNÜL VERELIM SZÍVÜ
RE PER AUTORI ET HJERTE FOR FORFATTERE EEN HART VOOR SCHRIJVERS TEMOS OS AUTOR
ΟΙΝΚΕΡΤ SERCE DLA AUTORÓW EIN HERZ FÜR AUTOREN A HEART FOR AUTHORS À L'ÉCOUTE
ΑΟ ΒCEЙ ДУШОЙ K ABTOPAM ETT HJÄRTA FÖR FÖRFATTARE A LA ESCUCHA DE LOS AUTORE
RS ΜΙΑ ΚΑΡΔΙΑ ΓΙΑ ΣΥΓΓΡΑΦΕΙΣ UN CUORE PER AUTORI ET HJERTE FOR FORFATTERE EEN HA
ΟΙΝΚΕΡΤ SERCE DLA AUTORÓW EIN HERZ FÜR A
ΑΟ ΒCEЙ ДУШОЙ K ABTOPAM ETT HJÄRTA FÖR F

Die Autorin

Die 1986 geborene Andrea König-
Effenberger kommt aus München
und hat Betriebswirtschaft studiert.
Seit mehr als einem Jahrzehnt arbei-
tet sie im Vertrieb, davon seit mehr
als fünf Jahren in verschiedenen
leitenden Positionen. Im Mai 2024
heiratete sie ihren Lebenspartner. In
ihrer Freizeit verbringt sie gerne Zeit
mit Familie und Freunden, liebt Spaziergänge, die
Berge, Kunst und gutes Essen.
Andrea König-Effenberger beendete zielorientiert
ihr Studium, fand den ersten Job und verliebte
sich. Als sie 26 Jahre war, erkrankte ihr damaliger
Lebenspartner an Leukämie. Dies hob ihre Welt
aus den Angeln und die vielen Fragen in ihrem
Kopf wollten beantwortet werden. Sie kündigte
ihren Beruf und begann die Welt zu erkunden.
Im Außen, sowie im Innen. Zwei Jahre dauerte
es, bis sie zurückkehrte und ihre Karriere wieder
aufnehmen konnte. Doch ihre Reisen ließen sie ein
großes Spektrum an Erfahrungen sammeln, die
dabei helfen, dem Irrgarten der Subjektivität zu
entkommen. Dieses Wissen möchte sie mit ihren
Lesern teilen.

novum VERLAG FÜR NEUAUTOREN

Der Verlag

Wer aufhört besser zu werden, hat aufgehört gut zu sein!

Basierend auf diesem Motto ist es dem novum Verlag ein Anliegen, neue Manuskripte aufzuspüren, zu veröffentlichen und deren Autoren langfristig zu fördern. Mittlerweile gilt der 1997 gegründete und mehrfach prämierte Verlag als Spezialist für Neuautoren in Deutschland, Österreich und der Schweiz.

Für jedes neue Manuskript wird innerhalb weniger Wochen eine kostenfreie, unverbindliche Lektorats-Prüfung erstellt.

Weitere Informationen zum Verlag und seinen Büchern finden Sie im Internet unter:

www.novumverlag.com